ぷにちゃん
Illustration 緑川 明
悪役令嬢として
婚約破棄
されたところ、
執着心強めな
第二王子が
溺愛
してきました。

CHARACTERS
断罪される悪役令嬢
アイリス・ファーリエ
元アラサーOLで、侯爵家の令嬢。
王宮の研究機関に所属しており、
バリバリ仕事をこなしている。
自分が悪役令嬢に転生し、
クリストファーから婚約破棄を
告げられることも知っているため、
早く自由になりたいと思っている。
アイリスの婚約者
クリストファー
第一王子でアイリスの婚約者。
高圧的でプライドが高い。
アイリスと違い自分に甘えてくる
子爵令嬢のシュゼットに夢中。

クリストファーの浮気相手
シュゼット
子爵令嬢。凛としたアイリスと違い、
愛想がよくクリストファーの
癒しになっている。
ふわふわしているように見えるが…。
研究所の同僚？
ラース
王宮魔獣研究所の職員で、アイリスの同僚。
趣味で魔導具の開発を行っている。
いつもアイリスにさりげなく
手を差し伸べ、助けてくれる。
アイリスに懐く魔獣
ルイ
王宮魔獣研究所で飼育
されている魔獣舎のボス。
巨体で偉そうだけれど、
アイリスには犬のように懐く。

「……見ちゃったんですね、アイリス
どうしようもなく、愛おしくて仕方ないんです」
「な、なんで私が……っ」
ラースの部屋を見て、アイリスは絶句した。
アイリスの写真があり、
ラースと二人で撮ったものや、
同僚たちと一緒に撮った写真が
並べられていたのだ。

悪役令嬢として婚約破棄されたところ、執着心強めな第三王子が溺愛してきました。

ぷにちゃん
Illustration 緑川明

目次

プロローグ

彼――ラースはアイリスの同僚だった。

卒なく仕事をこなし、細かいところに気が利いて、真面目で……。たまにお茶を淹《い》れてくれたりする、可愛い後輩でもあった。

人懐っこい完璧なイケメン、とでも言えばいいだろうか。欠点なんてまったくなさそうな、誠実な青年だと思っていたというのに――。

＊＊＊

ラースの部屋を見て、アイリスは絶句した。

寝室の豪華なベッド、そのベッドボードの頭上には大きく印刷したアイリスの写真があり、その横にはラースとふたりで撮ったものや、同僚たちと一緒に撮った写真が並べられていた。

「どうして、ラースの部屋に私の写真がこんなにたくさん飾ってあるの……？」

どの写真もラースが撮ろうと言ったものなので、アイリスも焼き増ししてもらった分を自室に飾ったりはしているが……ここまではしていない。

ドッドッドッと、心臓が嫌な音を立てる。

そしてふいに、アイリスの視線がサイドテーブルの小物入れに向かう。そこに入れられていたのは、パステルカラーの包み紙にくるまれた飴《あめ》だ。

「この飴、私がラースにあげたやつ……」

よくよく見ると、アイリスがプレゼントしたものがたくさん置かれていた。いや、気軽にあげたものがほとんどで、プレゼントというほどのものではない。

だというのに、それらが大切そうに保管されている。

（私は恋人でも何でもないのに……）

いや、恋人だとしてもやりすぎている——と、アイリスは思う。

何も見なかったことにして、この部屋を去りたい。しかし、そんなに上手くことが運ぶわけもなく。


「……見ちゃったんですね、アイリス」

「——っ！」

アイリスが部屋を見ていたら、寝室に入ってきたラースの声が聞こえてビクッと肩が震えた。

どんな顔で彼を見たらいいかわからないのだ。

（というか、待って……本当にどうしたらいいの？）

こんなものを見せられたら、ラースが自分を好きだとわからないわけがない。恋愛に鈍感なアイリスだって、さすがにそれくらいはわかる。

ラースのアイリスへの執着を気持ち悪く思う反面、なぜか心臓がドキドキしてしまうのだ。

これでは、どっちが変態かわからない。

すると、ラースがこちらに近づいてくる気配を感じた。

と、同時に……後ろから抱きしめられた。肩口に当たるラースの髪がまだ湿っているので、シャワーを浴びてすぐこっちへ来たのだろうことがわかる。

「俺はどうしようもなく、アイリスが愛おしくて仕方ないんです」

「な、なんで私を……っ」

「そうですね……。俺に初めて優しくしてくれたのが、アイリスだったからでしょうか？」

ラースの言葉に、アイリスはそんなことで!?と思う。

しかし実際この部屋を見てしまったら、信じるほかないわけで。

「アイリスを見るたびに心臓の鼓動が早まって、どうしようもなくなるんです。……ねぇ、アイリス。顔を見せてください」

「いや……それは、ちょっと……」

駄目だとアイリスが言うより早く、ラースが前へ回り込んでくる。アイリスには逃げ場がない。

「可愛い俺の天使……跪《ひざまず》いて、キスを捧げてもいいですか？」

「んな……っ！」

そう言って、ラースはアイリスの足の甲へと口づけた。

悪役令嬢のお仕事

アイリスが王城の廊下を歩いていると、柱の陰からただよう香りが鼻についた。その香水には、心当たりがあった。

（ああ、いつもの令嬢たちか）

そう思うと、もうため息も出ない。

そして耳を澄まさずとも聞こえてくる、いつもの台詞《せりふ》。

「……いったい、いつまでクリストファー殿下の婚約者でいるつもりかしら？」

「研究研究、研究ばかりで、せっかくわたくしがお茶会へ招待しているのに、いらっしゃらないんですもの。これでは王妃なんてとても務まりませんわね」

「しかも魔物の研究をしているなんて！　野蛮だわ……恐ろしい……」

コソコソと自分の悪口を言う令嬢たちには、もう慣れた。

文句のひとつでも言ってやればいいのかもしれないけれど、彼女たちに使う時間も惜しい。

だからアイリスは気にせず通り過ぎることにしている。

（お茶会に参加することだけが王妃の役目なら、魔物がいるこの世界はとうに滅んでいるでしょうね）

と、これくらいの悪態は心の中でつくけれど。

アイリスは生まれたときから、この世界のことを知っていた。

正確にいえば、この世界が舞台になっている乙女ゲームをプレイしていた——というのが正しいだろうか。

その記憶はもう二十年も前だというのに、意外にもしっかり覚えている。

乙女ゲーム『リリーディアの乙女』。

瘴気《しょうき》がはびこるオリオン王国は、魔物の数が増え、このままでは国が滅びてしまう……という危機に陥り誰もが恐怖を抱いていた。

そんなとき、神託があった。

魔物が発する瘴気を浄化する絶対的な力を持つ乙女——この物語の主人公がいると。

主人公は愛の力が強くなるほど浄化する力が強くなる。

攻略対象キャラクターと恋愛をし、魔物を浄化してオリオン王国を救うという壮大な乙女ゲームだ。

——そんな乙女ゲームの世界で、アイリスは悪役令嬢に転生した。

侯爵家の令嬢、アイリス・ファーリエ。二十歳。

プラチナブロンドの長い髪に、凛《りん》とした菖蒲《あやめ》色の瞳。身長は百六十七センチメートルと少し高めだが、可愛いより綺麗《きれい》目な顔立ちとは相性がいい。

甘いミルクティーは好きだけれど、女同士の腹の探り合いが行われるお茶会はあまり好きではない。それなら、職場で働いている方がいいと考えてしまうワーカーホリック女子だ。

今はドレスではなく、職場の制服に身を包んでいる。

白の白衣をベースにしたもので、紺色の細いベルトをあしらったデザインだ。グレーのシャツは水色に白のストライプが入ったリボンタイをつけていて、上品な仕上がりになっている。

というのが――悪役令嬢になった彼女の姿と名前。

そう、アイリスは現代日本《にほん》で暮らしていたが、何らかの理由でこの世界に転生したのだ。

けれど、悲観してはいない。

元々『リリーディアの乙女』は好きだったので、死んでしまったことは悲しいけれど……ゲームの世界に転生できたこと自体は嬉《うれ》しかったからだ。

そしてあまり悲観していない理由のひとつに、悪役令嬢である自分の処遇というものがある。

ゲームでのアイリスは、将来的に婚約者の王子に婚約破棄を突きつけられる。そしてその後、国外追放という罰が下る。

そう、別に処刑されるような過酷な未来が待っているわけではないのだ。

このまま貴族と政略結婚をさせられ、愛のない結婚生活を送るくらいならば……アイリスはその処罰を受け入れようと思っている。

いや、ぜひ受け入れたいのだ！

前世のアイリスは日本で会社員をしていたので、別に貴族の身分を剥奪されて国外追放されたところで、何の問題もない。

大学時代からひとり暮らしをしていたので、大抵のことは自分ひとりでできる。

アルバイトもいろいろやったし、就職してからも真面目に働いた。……ただ、自分の真面目すぎた性格のせいで、どうにも恋愛面だけは上手くいかなかったけれど……。

……恐らくそれが、アイリスが乙女ゲームをやり始めた理由だろうか。

というような人生を経て、転生する前は神経も図太くなってきたアラサーだった。そのため、逆に追放が楽しみだったりする。

独り立ち万歳、だ。

ただ残念だったのは――乙女ゲームは所詮、都合のいいゲームだったということだろうか。


アイリスが気にせず廊下を歩いていると、ちょうど曲がり角に人影が見えた。

（うわ、まさかこんなところで会うなんて）

曲がり角からこちらにやってきた人物は、アイリスが会いたくない相手ナンバーワン――このゲームのメイン攻略対象、つまりアイリスの婚約者だった。

彼はアイリスを見るなり、口を開いた。

「アイリスじゃないか。まだ研究所にいるのか？　いい加減、そんなところで働くのは止めてほしいものだが……」

「………」

思わずアイリスの頬も引きつるというものだ。

「聞いているのか？　俺の婚約者として、恥ずかしくないように心がけてほしいと言っているんだよ」

（親しくないかもしれないけれど、親しき中にも礼儀ありという言葉を知らないのかしら？）

――と、アイリスは思う。


挨拶もなく話し始めたのは、この国の王太子クリストファー・オリオン。二十歳。

全女子が「王子様だ！」と言うだろう整った容姿は、サラサラの金色の髪と、金に近い水色の瞳からできあがっている。

すらりと伸びた手足に、鍛えられた逞《たくま》しい身体。誰もが目を奪われてしまうだろう。

かくいう前世のアイリスも、実はそのうちのひとりなのだが……悪役令嬢となった今は、黒歴史だったと思うことにしている。

クリストファーはアイリスの態度なんてまったく気にせず、続けて話す。

「はあぁ。君がほかの令嬢たちから、何と言われているか知っているか？　人間の男よりも、魔物が好きな令嬢なんて呼ばれて――」

「アイリス、こんなところにいたんですか。今日は魔獣舎へ行く予定ですよ」

「――誰だ！　俺の言葉を遮ったのは‼」

これは話が長くなりそうだと思っていたら、何とも無礼にクリストファーの言葉を遮った強者がいた。

不敬な行為だけれど、アイリスは心の中でそっと拍手を送った。

やってきたのは、アイリスの同僚のラース。十七歳。

長い黒髪を後ろで一つに結んでいる。右側の前髪は片目が隠れるほどに長く、金の縁取りの眼鏡をかけている。そこから見える瞳は薄紫で、透明度の高い水晶のようだ。

前髪と眼鏡のせいで顔はあまり見えないのだけれど、王宮魔獣研究所の制服を見事に着こなしていることもあって、アイリスは密かにイケメンだと思っている。

ラースの制服は、ベースはアイリスと同じ作りだが、朱色の細いベルトをあしらったデザインだ。朱色のネクタイには白のクロスストライプが入っている。

そんなラースは身分というものにあまりこだわりがないようで、気にしないことが多い。いつか不敬罪で処罰されないといいのだけれど……とアイリスは心配している。

ラースは、クリストファーを見て首を傾《かし》げてみせた。

「しかし、このままではアイリスが仕事に遅れてしまいますよ。あなたのせいでアイリスの仕事の評価が悪くなるのはどうかと」

「…………は？」

よくもまあ、クリストファーにここまで言えたものだとアイリスは感心する。

クリストファーはといえば、きっとそんなことを言われたこともないのだろう。口をパクパクして言葉を失っている。

「探しちゃいましたよ。今日は徹底的に掃除をしようと思っていたので、アイリスがいなかったら大変でした」

「あら、それは確かに大変だわ。ごめんなさいね。探しに来てくれてありがとう、ラース」

ラースはアイリスの返事に頷《うなず》くと、「行きましょう」と歩き出した。どうやらクリストファーのことは気にしないことにしたようだ。

（どうしたらこんなに強メンタルになれるのかしら……）

侯爵家の令嬢で、婚約者のアイリスも、さすがにここまでの態度はとれないというのに。

とはいえクリストファーの言葉は度がすぎることも多々あるので、ラースのことを見習った方がいいかもしれないとも思ってしまう。

「仕事ですので、失礼いたします」

アイリスは軽く礼を取り、ラースの後を追った。

アイリスやラースは『王宮魔獣研究所』に勤めている。

ここは魔物の中でも魔獣に分類されるものを研究している機関だ。

魔獣とは、魔物の中で動物型に区分されるもののことで、もっとも数が多い。ほかの区分には、核というものを持つ小さな竜巻や、ゲームでは定番のスライムのような魔物もいる。

魔物は、存在するだけで瘴気を発する。

瘴気は大地を蝕《むしば》んでいくため土地が痩せ、空気が濁り、人の身体に不調をきたす。人々は日夜、瘴気が増え続けないよう対策に奔走している。

定期的に魔物の討伐はされているが、生息地や生態などの研究を進めていくことでよりスムーズに行うことができる。

この研究所の研究は、弱点を始めとした魔獣の生態はもちろんのこと、人間と共存できる可能性というのも含まれる。

そのため、研究所には魔獣舎があり魔獣が飼育されているのだ。


「それにしても……ラース、今の人が誰か知らなかった……何てこと、ないわよね？」

ラースは研究に没頭するところがある。魔獣だけではなく、趣味で魔導具の開発なんてこともしているとアイリスは以前聞いたことがあった。

そういったことに夢中になりすぎて、ほかのことは一切知らないのでは……とアイリスは考えてしまったのだ。

アイリスの問いかけに、ラースはきょとりと目を瞬かせて笑った。

「さすがに俺だって、この国の第一王子の顔くらいは知っていますよ」

「知っていてあの態度だったの……」

なんて怖いもの知らずなのだろうか。

しかしラースは、クリストファーに絡まれているアイリスを助けてくれたのだろう。

ラースでなければ、アイリスとクリストファーの間に入ってくるような人間はいないだろうから……。

「ラースがもし処罰されたら、と考えたら褒められる行為ではないんだけど……。私は助かったわ。ありがとう、ラース」

「いえいえ。アイリスのお役に立ててよかったです」

「でも、無茶だけはしないでね」

「はい」

ラースが嬉しそうに返事をしてくれたので、アイリスは仕方がないと肩をすくめた。


しばらく廊下を歩き、アイリスたちは中庭に出た。

ここから十五分ほど歩いたところに魔獣舎があるのだ。地味に遠いのは、王城の建物の近くに魔獣舎を作る許可が下りなかったからだ。

(個人的には、散歩にちょうどいい距離なのよね)

魔獣舎に続く道とはいえ、王城の庭なのできちんと手入れがされている。歩きやすいように歩道は舗装され、花壇には可愛らしい花が咲いているので見ていて楽しい。

その花壇の道を抜けると、今度は木々が多くなる。林とまではいかないけれど、騎士がちょっとした訓練をすることはできるそうだ。

そんな中、ふと工事をしている様子が目に入った。

「あら?　あんなところで工事なんてしていたかしら?」

魔獣舎から歩いて五分ほどのところで人が集まり、建設しているようだ。

特にアイリスの耳には届いていないので、研究所関連ではないだろうけれど……さすがに魔獣舎に近すぎのように思う。

そんなアイリスの疑問に答えをくれたのは、ラースだ。

「新しい離宮が建つんです」

「え？　あんなところに離宮が？」

離宮といえば、そこで生活するのは大抵身分がある王族やその愛妾《あいしょう》などだが……王族が魔獣舎の近くで暮らすとは思えない。

「いったい誰が住むのかしら。……まあ、私たちには関係のないことね。行きましょう、ラース。これ以上遅くなると仕事に遅れてしまうし、ルイたちが待ってるわ」

「はい」

――一瞬だけ、アイリスの脳裏に嫌な考えが浮かんだ。

クリストファーと結婚後、自身を追いやるための離宮では……？と思ってしまったのだ。嫌っている嫁を隔離するにはちょうどいい、と。

（って、さすがにそれはないわね）

アイリスは首を振って考えなかったことにする。

大丈夫、仮に予想が当たっていたとしてもアイリスが離宮に住まわせられることはない。婚約破棄をされ、国外追放される運命なのだから――。

魔獣舎は万一にも魔獣が逃げ出さないようにと、石壁で作られている。無機質な重苦しい雰囲気もあり、研究所の人間以外が近づくことはない。

その手前には研究所の小さな小屋があり、ちょっとした休憩スペースや、仕事道具の収納ができるようになっている。


アイリスたちは小屋に入って、仕事道具の準備を始める。

「アイリス、どうぞ」

「ありがとう」

仕事道具といっても、別に危険なものはない。

魔獣の健康状態をチェックする魔導具に、ブラシやタオルなど、お世話をする道具だ。掃除道具は、魔獣舎の中の棚にしまわれている。

「まずは道具の状態のチェックね。手入れはしっかりされて……ああ、ブラシについた毛がちゃんと取れてないわ」

これではいけないと、アイリスはブラシの手入れから取りかかった。昨日の当番は後輩のリッキーだったはずなので、後で確認した方がいいだろう。

アイリスがブラシの手入れをしていると、ふいにラースの視線が気になった。見ると、ラースがこちらをじっと見ている。

「……どうしたの、ラース」

「いえ。アイリスは熱心に仕事をするな……と」

「そんなの当然じゃない」

ラースの言葉に、アイリスはクスリと笑う。

（でもたぶん、元々の日本人的な性格がそうさせているのかもしれないわね）

アイリスは元々営業事務として働いていた。

そのため仕事の効率化はもちろん、時間厳守など、自然と自分に厳しくなっていたところがある。加えて言うと、残業時間もまあまあ多かった。

「当然って言えるアイリスがすごいんですよ。アイリスほど真面目に働いている人、俺は知らないですから。ここだけの話、アイリスに憧れてる人も多いんですよ？」

「えぇ？　まさか！」

ラースの言葉に、アイリスは目を見開いて驚いた。

（前世の職場では、「出来る女でも気取ってるつもり？」って同僚に嫌味を言われることだってあったのに……）

世界——職場環境が違うとこうも変わるのかとアイリスは思う。

同僚や後輩に慕われるということは、くすぐったくもあるが嬉しい。しかし逆に、クリストファーやその取り巻きの令嬢など……よく思っていない人間がいることも確かだ。

「俺だって、アイリスに憧れてるひとりですけど？　ね、先輩」

「ふふっ、なら後輩にいいところを見せなきゃいけないわね」

アイリスは手入れの終わった仕事道具を腰のベルトに付けて、「今日も頑張りましょう」とラースを連れて魔獣舎へ移動した。


魔獣舎は通路があって、下に藁《わら》が敷かれている。作りは牛舎などとそう変わらないかもしれない。

しかし、魔獣が逃げないように頑丈な檻《おり》や鎖がある。

それを見るとどこか痛々しい気持ちになってしまうが、檻がなければ魔獣を王宮内へ入れることはできない。

アイリスは魔獣たちが少しでも快適に暮らせるようになったらいいと思い、一生懸命お世話などをしているのだ。


「おはよう、みんな」

「今日は徹底的に掃除をしますよ」

アイリスとラースが魔獣舎へ入ると、魔獣たちから一斉に視線を向けられた。

魔獣舎にいる魔獣は、現在三頭。

一頭目は、三メートルの巨体を持つルイ。見た目は狼《おおかみ》に近く、真っ黒の毛並みをしている。鋭い牙と爪で攻撃をしかけてくる恐ろしい魔獣だ。

二頭目は、ケットシーのネネ。外見は猫に似ていて、尻尾が九本ある魔獣。魔法も使って攻撃してくるので、外で出会ったら厄介な相手だ。

三頭目は、一角獣のアーサー。馬の頭に一本の角が生えた魔獣で、比較的大人しい。慣れたら馬のように乗りこなすこともできる魔物だ。

この三頭は、瘴気を発していない。

瘴気を発していない理由は、三頭がつけている首輪にからくりがある。この首輪は一部が魔導具になっていて、瘴気を抑える効果が付帯されているのだ。

そのため瘴気が発生せず、三頭は人間と共に生活ができている。

そして瘴気がないおかげなのか、その性格も従来の魔物のような凶暴性はなくなっているし、人間の味方として魔物とも戦ってくれるのだ。

こちらの言葉を理解して、動いてくれている。

『おう、アイリス！』

「調子はどう？　ルイ」

『絶好調だ！　でも、そいつも一緒なのか……』

アイリスに話しかけてきたのは、この魔獣舎のボス的立ち位置にいるルイ。魔獣舎の一番奥に檻がある。巨体で偉そうだけれど、甘えん坊なところがある。

そしてなぜかルイは――アイリスとラースがいるときだけ人間の言葉を話す。

なので、みんなから恐ろしい魔獣だと恐れられているルイが、アイリスはまったく怖くない。

ただ、それもあってアイリスが魔獣舎の掃除やみんなの世話を頼まれることが多いけれど。

ルイが協力してくれるとほかの二頭が大人しいので、アイリスとしてはやりやすいし、お世話が好きなので問題はない。

「アイリスは本当にルイに好かれてますね」

「好かれるのは嬉しいけど、何だか不思議」

なぜ私？という疑問が浮かぶが、ルイ曰く『一緒にいると落ち着く』ということらしい。もしかしたら、アイリスが闇属性ということに関係しているのかもしれない。

アイリスは軽く腕まくりをして、ホークを取り出した。これは四俣になっている農具で、藁を持ち上げるときなどに使うものだ。

「それじゃあ、掃除をしていきますか」

「俺は新しい藁を運んできますね」

「うん、お願い！」

ラースが藁を取りに行ってくれている間に、アイリスは今敷いてある藁を檻からかき出していく。藁は定期的に取り換え衛生面もきちんと管理している。

アイリスがせっせと作業していると、ルイが『手伝ってやるよ』と前脚で藁を檻からかき出し始めた。パワーがあるので、一回でかき出す藁の量がアイリスの倍くらいある。

「ありがとう、助かるわ」

『おう！』

さすがに外にルイを出したらほかの人に驚かれてしまうので、運んでもらうのは入り口付近までだ。

『お前らも手伝え！』

『ニャッ』

『ブルルッ』

「ありがと～」

ルイの掛け声で、ネネとアーサーも手伝ってくれる。この二頭は喋《しゃべ》ることはできないけれど、言葉はわかるようで、アイリスはルイを介して意思疎通をとっている。

アイリスたちがせっせと藁をかき出していると、ちょうどラースが戻ってきた。

「お待たせ、アイリス」

「ありがとう、ラース！　……って、それ何？」

いつもは手押し車で新しい藁を運んできていたのだが、今日はラースの横で藁の詰まった箱が浮いている。

取っ手が付いているので、それで方向などを調整しているのだろうけれど……アイリスの脳内はクエスチョンマークが浮かんでいる。

「藁運び用の魔導具を開発したんです。これならアイリスでも楽に藁を運べると思って。ほら、いつもは手押し車で何往復かするから大変だったでしょう？」

「いやいやいやいや、待って？　それって新しい魔導具よね？　ラースの趣味が魔導具製作っていうのは知ってたけど、そう簡単に作れるものじゃないわよね？」

魔導具は誰でも作れるものではない。

知識や材料などが必要なのはもちろんだが、製作の際に魔力も必要になってくる。研究により量産されているものもあるが、そうでなければ難しいはずだ。

ましてや新しいものを作り出すなんて、とんでもないことのはずなのだ。

「アイリスの仕事効率が上がっていいかなと思いまして」

「魔導具ってそんな理由で開発できるものじゃないと思うんだけど……」

もしかしたらラースはものすごい才能を持っているのではないだろうか。アイリスがそう考えていると、ラースが捨てられた子犬のような目でこちらを見ていた。

（……もしかして褒めてほしいのかしら？）

否定的な言葉ばかりで驚いていたことに気づいて、アイリスは「純粋にすごいと思うわ」と口にした。

「私は魔導具を作れないから、簡単に作ってるのを見ると憧れちゃうわね」

そう言いながら、何かないかなと腰に付けたポーチの中を探してみると飴が出てきた。疲れたときに糖分補給として持ち歩いているものだ。

「魔導具のお礼には全然足りないけど……はい、飴ちゃん」

「！　ありがとうございます」

可愛らしいパステルカラーの包み紙にくるまれた飴をあげると、ラースはぱああぁっと笑顔になって喜んでくれた。

（その反応は嬉しいけど、この子ちょろすぎじゃないかしら？）

と、何となくラースが心配になってしまうアイリスだった。

アイリスとラースは藁をどかした魔獣舎の床をデッキブラシで擦ったりして清掃を終わらせた後、新しい藁を敷き詰めた。

それからルイたちのブラッシングもしてあげると、とても気持ちよさそうにしてくれる。凶暴な魔獣といわれてはいるけれど、今のルイたちはとても可愛い。

窓を開けて空気の入れ替えもしたので、とても清々しい気持ちだ。

「ふー。これでいいわね」

「お疲れ様です、アイリス」

「うん。ラースもお疲れ様」

魔獣の世話が終わったので、後は研究所に戻って通常業務を行うだけだ。

(でも、その前にお昼休憩ね)

働いた後のご飯ほど美味しいものはない。アイリスがルンルン気分でいると、ルイがこちらにやってきた。

『綺麗にしてくれてサンキューな、アイリス!』

ルイはそう言うと、アイリスの頬にすり寄ってきた。もふもふの黒い毛が当たってくすぐったいけれど、ふわふわなので気持ちがいい。

「どういたしまして」

アイリスもルイにぎゅっと抱きついて、思いっきりもふもふ具合を堪能させてもらう。

（うう、労働の後の癒しにもふもふは最高だわ……！）

魔物だという理由だけでルイたちを恐れている人たちは、本当にもったいないことをしていると思う。

アイリスがしばらくもふもふを堪能していると、袖をクイッと引っ張られた。

「ルイばかりずるいです」

袖を引っ張った犯人はラースで、羨ましそうな視線をルイに向けている。

（……えーーっと？　これはラースもルイのもふもふを堪能したいってことかしら？）

アイリスはラースの言い方に首を傾げつつも、「どうぞ」とルイの前からどいた。すると、ラースは「違いますよ」と言ってアイリスの頭に頬をつけてきた。

「俺が羨ましいと思ったのは、ルイです」

「ラース⁉」

「駄目ですか？」

そう言ったラースの頭には、垂れた犬の耳が見えそうだ。捨てられた子犬のような顔をされてしまうと、まるでアイリスが間違っているようではないか。

「く……っ、そんな可愛い顔をしても、駄目よ！」

「……残念」

ラースはクスリと笑って、アイリスから離れてくれた。ちょっとそれを残念に思ってしまいながらも、アイリスはドキドキしていた心臓を落ち着かせる。

悪役令嬢とはいえ、今のアイリスはクリストファーの婚約者だ。こんなところを目撃されたら、アイリスもラースも簡単な処罰では済まないだろう。

「ほら、魔獣舎での仕事は終わったんだからお昼にしましょう」

「はい！　ご一緒します！」

アイリスとラースはルイたちに挨拶をして、軽く汗を流してから食堂へ向かった。

閑話　王子様と乙女ゲームのヒロイン

（――ああ、何とも憂鬱な気分だ）

そう思いながら廊下を歩いているのは、この国の王太子であり、乙女ゲーム『リリーディアの乙女』のメイン攻略対象者のクリストファーだ。

先ほど廊下で婚約者のアイリスと会い話をしていたのだが、とある青年がこともあろうにクリストファーの言葉を遮ったのだ。

クリストファーは今、そのことにものすごい憤りを感じていた。

（しかもあの男、俺のことを睨《にら》んでいた……！）

位置的にアイリスは気づかなかっただろうけれど、あきらかに王太子である自分を侮辱していたのだ。

「……チッ」

こんなときは、可愛い恋人に癒してもらうに限るだろう。

クリストファーが王城の庭園へ行くと、目当ての人物がすぐに見つかった。

庭園の一角にある噴水の前に置かれたベンチに座り、読書をしているようだ。クスクス笑ったりと、読み進めることで変わる表情は見ていて飽きないとクリストファーは思う。

読書の邪魔をしてしまうのは申し訳ないと思いつつも、クリストファーはシュゼットへ声をかけて隣に腰かけた。

「シュゼット」

「！　クリス様」

まるで花のような笑顔を見せたのは、シュゼット・マルベール。十七歳。

ふわりとしたセピアのロングヘアは両サイドに小さなリボン。そして可愛い薄桃色の瞳。

ツンとした性格のアイリスと違い、朗らかなシュゼットはクリストファーの癒しなのだ。

彼女は子爵家の令嬢ではあるが、神託の乙女であり――魔物を浄化する力を持つこの国の救世主だ。

（ああ……やはりシュゼットの笑顔は癒されるな）

アイリスも、せめてシュゼットの半分くらいは愛嬌《あいきょう》があればいいのにとクリストファーは常々思う。

しかしそれを口にしようものなら、きっとあの同僚の男が睨んでくるのだろう。

「どうしたんですか？　クリス様。何だか眉間に皺《しわ》が寄っていますよ？」

そう言って、シュゼットは人差し指でクリストファーのおでこを押してくる。本来ならば不敬とされるだろうが、シュゼットがそうしてくれることがクリストファーは嬉しかった。

「そうだな、イライラしているのはよくないな」

「笑顔が一番ですよ！　それに、もうすぐ魔物討伐の遠征もありますし……」

「ああ」

シュゼットの言う魔物討伐とは、ゲームにあるシナリオのひとつ。

浄化の力を持つシュゼットが、攻略対象キャラクターたちとともに魔獣が発する瘴気を浄化しに行く……というものだ。

「わたくし、国のために頑張りますね！」

「シュゼットは頼もしいな。……アイリスも少しは見習ってくれたらいいんだが」

「アイリス様というと……その……クリス様の婚約者ですよね？」

クリストファーはシュゼットと相思相愛だと思っているが、実際にはアイリスという婚約者がいるのだ。

「婚約者ではあるが、王妃として必要なのはシュゼットのような者だ。それは父——国王陛下もわかっているだろう。だからシュゼットが心配するようなことは、何もない」

それは安易に次期王妃はアイリスではなくシュゼットであると告げているのだが、それが認められているわけではない。

しかしシュゼットは嬉しそうに微笑《ほほえ》んで、「嬉しいです」と告げた。

「……アイリス様といえば、確か魔獣研究所にお勤めなんですよね？」

「ん？　ああ、知っていたのか」

「そりゃあ……クリス様の婚約者ですから、気になります」

「そ、そうか……！」

嫉妬しているかのようなシュゼットのもの言いに、クリストファーは上機嫌になる。

「魔獣研究所なんてものは、必要ないと思うんだがな。魔物なんて、俺たちが倒してしまえばいいだけの話だろう？　それに、魔獣舎を、離れているとはいえ城の敷地内に置いているなんて……俺からすれば信じられない。襲いかかってきたらどうするつもりなのか」

「確かに……。魔物はとても恐ろしいですから、近くにいたら不安ですよね。力のない者には、いっそう」

シュゼットの言葉に、クリストファーはその通りだと頷く。

「何度か廃止するよう言ったんだがな……。今はアイリスが所属しているので、あの研究所を取り壊すのも難しいだろう。あんな役に立たない女だが、今は私の婚約者で、侯爵家の娘だからな」

黙って自分のための社交でもしていればよかったものを、アイリスは日々仕事に打ち込んでいる。

「さっきも、ここに来る前に研究所に行くアイリスとすれ違ったところだ。……そういえば、俺の言葉を遮った不躾《ぶしつけ》な男もいたな」

「えぇっ⁉　クリス様の言葉を遮った人がいるんですか⁉」

シュゼットは信じられないとばかりに大きく目を見開いた。口元に手を当てて、「そんな不敬な人が」と驚いている。

「どんな方だったんですか？」

「詳しいことはわからないが……アイリスの同僚みたいだ」

そういえば名前も知らないなとクリストファーは思ったが、すぐに自分が知る必要がない人物だと首を振る。

「……ということは、魔獣研究所の方なんですね」

「制服を着ていたから、そうだろうな」

すると、シュゼットが「見てみたいです」と言い出した。

「は？　何を言ってるんだ、シュゼット」

「だって、クリス様に失礼な態度を取る方ですよね？　私も顔くらいは知っておいた方がいいと思って……」

「む……それもそうか」

この王宮内では、人間関係というものはとても大切だ。自分を好ましく思わない人間がニコニコ笑って味方の振りをしてきたりする場所なのだ。

シュゼットが今後あの男と関わることはないだろうと思うが、別に知っておく分にはいいだろうとクリストファーは頷いた。

ホットアイマスクという恐ろしいアイテム

アイリスは侯爵家の娘だが、王城で寮暮らしをしている。その理由は、職場に近くて通いやすいからというシンプルな理由が一番大きい。

与えられている部屋はほかの職員と同じ部屋――というわけにはいかなかった。

侯爵家の令嬢であり、王太子クリストファーの婚約者。そんな肩書を持ったアイリスに与えられた部屋は、三十畳ほどの広さがある。

最初はクリストファーの婚約者なのだから、王族と同じ場所に部屋を設えては？という案も上がったが、それはアイリスが丁重にお断りしている。

ということで、寮の部屋を四室ほどぶち抜きひとつにしたのが今のアイリスの部屋なのだ。

水色を基調に調えられた部屋は上品だが落ち着いており、彼女の人柄を表しているように見える。室内には照明を始め、水回りの魔導具も設置されているため不自由なく暮らすことができているだろう。

窓から朝日が差し込み、アイリスはベッドの中で目を擦る。

「ううぅ、眠い……でも仕事だから起きなきゃいけないわね」

大きな欠伸《あくび》をしつつもベッドから下りて、身支度をする。

顔を洗い、着替え、髪を整え、机の上に出しっぱなしになっていた本を鞄《かばん》に入れる。これこそが、アイリスの寝不足の原因だ。

「この本が面白すぎるのがいけないのよ……！」

片手で眉間回りを揉んでみると、かなり凝っていることがわかる。間違いなく寝不足だけではなく重度の眼精疲労もあるだろう。

（そういえば前世でも眼精疲労に悩まされてたっけ……）

やれやれとため息を吐《つ》きながら、アイリスは軽く首の後ろをマッサージする。

目を動かすのに首後ろの筋肉などを使っているので、後頭部回りのマッサージは効果的だし、首回りの調子を整えることも大事なのだ。

今日は早く休もうと思いながら、アイリスは食堂へ寄って朝食を済ませて出勤した。


王宮魔獣研究所は、王城の片隅にある。

庭園の隣に位置する場所で、魔獣舎とは徒歩十五分程度の距離がある。魔獣に関する実験をしていることもあるため、関係者以外が近づくことはあまりない。

魔獣の生態を研究することが目的なので研究所内は広く作られているが、実は年々予算が少なくなっている……という所長の悲しい声をアイリスは聞いたことがある。

アイボリーを基調に作られた研究所は、実験として小さい魔獣を連れてくることもある。そのため壁際にはいくつか檻が設置されていて、薬で眠っている小さな魔獣が入っている。

ほかにも、魔獣が嫌う植物の研究や、瘴気の発生量など、いろいろな視点から研究を進めているのだ。

アイリスが研究所に入ると、すでに出勤していた同僚たちが「おはよう」と声をかけてくれる。それに返事をしながら、アイリスは自分の席に鞄を置いた。

「おはよう、アイリス。おや……寝不足かい?」

「所長、おはようございます」

声をかけてきたのは、王宮魔獣研究所の所長グレゴリー。七十三歳。

優しいおじいちゃんという風貌で、研究所の人たちからは魔獣の生き字引なんて言われているくらいその生態に詳しいのだ。

「昨夜は本の続きが気になって気になって……結局、読破してしまったんです」

アイリスが鞄からそっと本を取り出すと、所長は「それは!」と目をカッと見開いた。

「昨日発売した新作ではないか！　よく手に入ったのぉ」

「仕事の後、本屋に寄ったら最後の一冊だったんです」

本のタイトルは、〈今日も旅人〉シリーズの最新作『魔物の観察旅日記』。

人気のある著書のシリーズで、どの書店でも発売日に売り切れてしまうのだ。開店前から並ぶ人もいるほどだという。

ラッキーでしたと、アイリスは笑う。

「旅人の描く魔物研究日記ですが、着眼点が面白くて……」

「どれどれ？」

本を手に入れ損ねたグレゴリーは、興味深そうにアイリスが開いたページを覗《のぞ》き込む。そこに描かれていたのは、とある魔獣の育児の様子だ。

「この魔獣にこんな一面があったのか！　これはびっくりじゃのぉ……！」

「そうなんです。魔獣はあまり子供に関心を持たないのかと思っていたんですが、そうではなかったことがわかったんですよ。瘴気がなければ、ほかの動物とそんなに変わらないのかもしれませんね」

アイリスと所長が盛り上がっていると、「何を見てるんですか？」とこちらへひとりやってきた。

「おはようございます、先輩！」

「おはよう、リッキー」

「それ、昨日発売した本じゃないですか。私も無事にゲットできたんですよ～！」

まだ途中までしか読んでいませんけどと、彼女も本を見せてくれた。


アイリスを慕う後輩の女の子、リッキー。十六歳。

赤茶の髪に、黄緑の瞳。毎日元気いっぱいで、見ているアイリスもいつも元気を分けてもらっているのだ。

夜更かしが苦手なので、アイリスと違って遅くまで本を読むことはないのだという。


「読み終わったら感想を言い合いましょうね！　まだ結構かかるかもしれませんけど……」

「いいわよ、ゆっくりで。日中は仕事も忙しくて、あんまり読めないものね」

「くぅ、儂《わし》も本さえ買えていれば……！」

グレゴリーが羨ましそうにこちらを見てきたので、アイリスはクスリと笑う。そして自分の持っている本を差し出した。

「私は読み終わったので、どうぞ」

「いいのかい？」

「もちろん。所長も一緒に語りましょう！」

アイリスがぐっと拳を握りしめると、グレゴリーは「そうじゃな！」と頷いた。読めることがとても嬉しいみたいだ。

「ありがとう、大切に読ませてもらうよ。さっそく……」

そう言うと、グレゴリーはいそいそと自分の席へ戻って本を開いて読み始めてしまった。所長は自分の欲望に忠実だ……。

「私は定時に帰るために、仕事を進めますよ！」

「そうね。早く帰ったら本が読めるものね」

「今日の掃除当番は、道具の手入れもしっかりしておきますね！　昨日は改めて教えていただきありがとうございました」

昨日の件とは、魔獣舎で使用する道具の手入れが不十分だったこと。リッキーはまだ不慣れなところがあったので、アイリスが丁寧に説明してあげたのだ。

「本当、先輩の仕事は完璧で……憧れちゃいます」

「そんなこと言っても何も出ないわよ。ほら、仕事しましょう」

「はぁ～い」

アイリスとリッキーはクスクス笑いながら、それぞれの仕事を開始した。

仕事を始めて一時間ほど経《た》っただろうか。

（う～、目がしょぼしょぼするわね）

目をしょぼめてしまうので、はたから見たアイリスは恐い顔をしているに違いない。それか、不機嫌だと思われているかもしれない。

立ち上がってぐーっと伸びをして、固まっている身体ごとほぐす。

（ちょっとだけスッキリしたわね）

アイリスが首を回して軽いストレッチをしていると、ふわりとしたいい香りとともに机の上に珈琲《コーヒー》が置かれた。

振り向くとラースが立っていて、手には自分の分の珈琲も持っている。

「ラース！　珈琲ありがとう」

「どういたしまして。それよりアイリス、だいぶお疲れみたいですね。目の下に薄っすら隈《くま》ができてますよ」

「……本を読んで夜更かししてしまったのよ」

ラースが心配してくれるのは嬉しいけれど、そんなに隈がわかりやすいだろうかとアイリスは目元に触れる。

（ちゃんとお化粧で隠せたと思ったのになぁ）

アイリスは前世も残業続きで隈と仲良しだったため、隈を隠すメイクは得意なのだ。……あまり自慢できることではないかもしれないが。

「実はアイリスに使ってほしいものがあるんですよ」

「なあに？」

ラースは自身の机の上に置いてあった箱を持ってきて、アイリスに渡してくれた。

白い箱にピンクのレースリボンがかけられていて、一目で贈り物だということがわかる。

「……？　開けていいの？」

「もちろんです」

アイリスが首を傾げつつ箱を開けてみると、見慣れたものが入っていた。見慣れたと言っても、それは今世の話ではない。

（私が前世でめちゃくちゃお世話になってたやつ……‼）


――ホットアイマスク！


アイリスが内心でテンション爆上がりだとは知らずに、ラースはアイマスクの説明をしてくれる。

「これは新しく作った魔導具です。目元を温めたり冷やしたりする機能がついていて、目の疲れに効果があって――」

「こ、こんな素晴らしいものをいただいていいの⁉」

アイリスは思わず食い気味に口を開いてしまった。

しかし仕方がないのだ。

ホットアイマスクというものは、知らず知らずのうちにオーバーワークしてしまうアイリスのような人間にとっては天の恵みのようなものなのだ。

ラースが作ったというホットアイマスクは、目に当たる部分に白の柔らかな生地をベースにし、その中に温冷調節のできる魔導具を入れるという作りになっていた。そして飾りの部分には繊細なレースが重ねられ、装飾としてリボンが付けられている。

(何というか、とても乙女チックね……)

ホットアイマスクはとても嬉しいけれど、このデザインだと自分には似合わないのでは……とアイリスは思う。似合うのはきっと、もっと可愛い女の子だろう。

そんなことを考えてじっとホットアイマスクを見ていると、ラースが心配そうにアイリスの名前を呼んだ。

「何か気になりますか?」

「いえ、その……私には可愛すぎるなと」

アイリスが素直にそう伝えると、ラースがこてりと首を傾げた。

「まったくそんなことはないですよ? アイリスのプラチナブロンドにもとても似合いますし、可愛いです」

ラースがふわりと微笑んでそんなことを言うものだから、アイリスは思わずドキリとする。

「あ、ありがと……」

少々赤くなってしまった気がするけれど、それも致し方ない。

(今までこんな風に褒めてもらうことなんて、ほとんどなかったものね)

婚約者のクリストファーはヒロインのシュゼットにお熱だし、アイリスは家族ともそんなにいい関係を築けてはいない。

つまり周囲は味方よりも敵の方が多いのだ。

(よくしてくれるのなんて、この研究所のみんなだけ……)

最初こそ王太子の婚約者で侯爵家の令嬢がきたぞ!と、悪役令嬢っぽいきつめの顔立ちもあってビクビクされたが、今ではすっかり馴染《なじ》んでいる。

「せっかくですし、ちょっと休憩しつつ……つけてみませんか?」

「え?」

ラースからの提案はとても魅力的なのだが、さすがに職場でアイマスクをつけるのもどうなのだろう……?と考える。

(定時過ぎ、深夜で人もまばらな残業中だったらいいかもしれないけど……)

なんて普通に考えてしまうアイリスは、かなりの社畜気質だ。

「まあまあ、疲れていては効率も落ちますから」

「ちょっと、ラース！」

しかしラースは問答無用でアイリスの手を取り、休憩室へ向かってしまった。

研究所には、複数の休憩室と仮眠室がある。

それは決して仕事が大変だからではなく……いや、大変な面ももちろんあるのだが、研究や実験のために深夜の観測も必要なことが多いというのが理由のひとつだ。

実際、瘴気は夜に発生するのでは？という研究も盛んに行われている。

休憩室はオフホワイトの色合いで整えられ、落ち着いた空間だ。テーブルとソファが置いてあるだけの簡易的な作りだけれど、休憩には十分だ。


「さ、座ってください」

「ラースはたまに強引になるのね……」

さっそくソファに座らせられたアイリスは、苦笑してラースのことを見る。すると目が合って、ラースが微笑んだ。

「アイリスは大切な先輩ですからね」

「それはどうも」

ラースの物言いにクスクス笑い、アイリスは身体の力を抜いた。

（うわ、このまま寝ることもできちゃいそうだわ……）

ソファに座って身体の力を抜いてはいけない。

しかしそれを実行しないというのは、なかなか難しいわけで。アイリスが寝落ちしないように背筋を伸ばそうとしたタイミングで、ラースが膝をついた。

「どうぞ」

「――あっ！」

思わず声をあげてしまったのも、仕方ないだろう。

ラースがほどよい温かさになったアイマスクを、アイリスの目元に乗せてきたからだ。じんわりとした温かさに、自然と身体の力が抜けていく。

「うぅ、気持ちいい……」

そう呟《つぶや》いたアイリスは、そのまま襲い来る睡魔に抗うことはできなかった――。

＊＊＊

うつら、うつらと。

まるで温泉にでもつかっていたような気持ちよさの中、わずかに視界が揺れる。

「んぅ……ん……ん……？」

ふいに意識が覚醒し、アイリスは身体を起こした。

（って、何も見えない‼）

そういえばラースにホットアイマスクをつけられたのだということを思い出し、アイマスクを外す。

どうやらソファに横になって熟睡してしまったみたいだ。膝を見るとブランケットがかけられていたので、これが温泉の夢を見てしまった原因だろう。

ブランケットはグレーにベージュ、くすみオレンジなどのストライプ模様になっていて、明らかに男性ものだった。恐らくラースがかけてくれたのだろう。

「仕事中だっていうのに、私としたことがなんたる失態を……」

しかし頭はかなりスッキリしている。よく眠れたみたいだ。

（よだれは……出てない、よかった！）

尊厳は守られたような気がする。

とはいえ、こんなところを誰かに見られたら恥ずかしい――

「おはようございます、アイリス」

横に誰もいないと思って油断していたら、テーブルをはさんだ向かいのソファから声が聞こえてきた。

「ら、ららら、ラース……」

もしかしてずっといたのだろうか？という疑問が脳裏に浮かんだが、肯定されるのが怖くて口にできなかった。

「アイリス、すぐに寝てしまったんですよ」

「うわあああぁぁぁっ‼」

この男は最初から今までずっとここにいたようだ。

（あっけなく寝落ちしたところを後輩に見られるなんて先輩として恥ずかしすぎる‼）

先輩としての威厳がなくなってしまったかもしれない。

「アイリス？」

声をあげてブランケットに顔をうずめてしまったアイリスに、ラースがこてりと首を傾げた。

そして考えて、一言。

「アイリスの寝顔は可愛かったですよ」

「…………ッ⁉」

まさかそんな返しが来るとは思わず、アイリスの思考は処理落ちしてしまう。

「アイリスでもそんな反応するんですね」

「いやいやいや、ラース？　何言ってるのよ」

アイリスが顔を赤らめて反論すると、ラースは「アハハ」と笑ってソファを立って横にやってきた。

(――⁉)

いったい何事だ⁉とアイリスはドキリとするが、ラースは何でもないようにアイマスク魔導具の使用方法を説明し始めた。

「このリボンの横にピンクと水色のスイッチがあって、ピンクを押すと温かく、水色を押すと冷たくなります」

「あ、ありがとう……」

アイマスクの使用方法はとても簡単だった。

「何かわからないことがあったら、いつでも聞いてください」

「わかったわ」

ラースは頷くと、「先に戻りますね」と言って休憩室を出ていった。

「ええ」

今のアイリスには、にこりと微笑んで手を振りラースを見送るだけで精一杯だった。

パタンと休憩室のドアが閉まる音を聞くと、アイリスは背中からソファに倒れ込んだ。

(ラースってあんなこと言う子だったっけ⁉)

アイリスは自分の顔を、強気な目元で整ってはいるけれど可愛いとは思っていない。なので、ラースに言われた可愛いという言葉にどうしてもドキドキしてしまった。

「……って、ラースは私より三つも年下なのよ！」

先輩に対するお世辞で、別に何か含みがあるわけではない。アイリスは自分にそう言い聞かせて、心を落ち着かせた。

（でもやっぱり、近くで見るラースって……ダントツに格好よいのよね……）

前髪が長く、眼鏡をかけているせいで、ラースの表情はわかりづらい。普通の距離で話していても、あまり顔は見えないのだ。

「はぁ……」

さすがにこれ以上ダラダラしているわけにはいかないので身体を起こす。しかし壁にかかった時計を見て、アイリスは目を見開いた。

「一時間も経ってる……!?」

いったいどれだけ熟睡していたのだと、手で顔を覆う。

寝てしまった分の一時間は残業しようと決め、テーブルの上に置かれたアイマスクに視線を向けた。

「これは……悪魔のアイテムだわ……」

今後、絶対に職場では使わないことを固く誓った。

閑話　空白の一時間

「うぅ、気持ちいい……」

そう言って、アイリスはラースの目の前で眠ってしまった。

「……さすがに無防備すぎませんか、アイリス」

――いや、わかっていてやったのはラースだ。

アイリスが寝不足で、とても疲れているのはラースから見れば一目瞭然だった。

そんな状態の彼女に温かいアイマスクを装着すれば、そのまま寝てしまうことはわかり切っていた。

「ああ、このままでは風邪を引いてしまうかもしれません」

それはいけない。

ラースは一度休憩室を出て、自分のブランケットを持って戻ってきた。

アイリスにブランケットをかけたラースは、テーブルをはさんで向かいのソファに腰かけた。

これだけ離れていれば、うっかり触れてしまうこともないだろう。

自分のブランケットをかけて寝ているアイリスを見ると、どうにもドキドキして仕方ない。

「よほど疲れが溜まっていたんでしょうね……」

そんなことを呟いて、ラースは思考を誤魔化してみる。

本を読んで夜更かししたといっても、日中は魔獣舎の掃除という肉体労働もしている。研究の仕事は神経を使う細かい作業も多いので、疲労は夜更かしだけが原因ではないだろう。

――と、いろいろ考えてはみたものの。

「目元を隠している女性のことをこんなに見ていていいんでしょうか」

しかしアイリスから目を離すことができない。

アイリスが今、目の前で自分の作ったアイマスクをつけて熟睡してくれている。何ともいえない背徳感だと、ラースは思う。

(ずっと見ていて怒られたりはしないだろうか)

だけど、ここから離れられる気がしない。

何度かソファから立ち上がり、座り、を繰り返してみる。

しかしラースの足は一向にドアへ向かない。


「ん……」

「――!」

ふいにアイリスが声をあげて、ラースの心臓が大きく音を立てた。

（お、起きた……？　のか？）

テーブル越しに恐る恐るアイリスの顔を覗き込んでみたが、どうやらわずかに身じろぎしただけのようだ。

「……気持ちよさそうだな」

アイリスの寝顔を見ていると、ふと昔のことを思い出した。

——あれは、ラースが三歳のときのことだった。


「母様、見て！」

ラースはそう言って両の手のひらから水魔法を使い、庭園に虹をかけてみせた。バラの花が、虹のおかげで美しさを増している。

「まぁ！　魔法を使うのが上手ね！　さすがわたくしの息子だわ！」

「えへへ」

この世界には、七属性の魔法が存在している。

光、闇、火、水、風、土、そして——聖。

たとえば火の属性を持っていると、炎の魔法が使える。それは蝋燭《ろうそく》に火をつける小さなものから、攻撃するための危険なものまで幅広い。

その中で希少な属性は、光と聖。

光属性は回復魔法として、傷などを回復するほか、わずかだが瘴気を浄化する力を持つ。そしてその上位に位置するのが聖属性だ。

しかし聖属性というのは稀有《けう》なもので、お伽話《とぎばなし》の中にしかない属性なのでは——と、言われることもあるほどだった。

それほどに、聖属性を持つ者は少ないのだ。

そして魔法を使いこなすためには、鍛錬が必要になってくる。属性を持っていたとしても、魔法はそう簡単に使えるものではないからだ。

普通は、早くても七歳頃から魔法の練習を始めて少しずつ使えるようになる。なので、たった三歳で魔法を操るラースは、まさに天性の才を持っているとしかいいようがない。

「もっとできるよ！」

母親に褒められたラースは嬉しくて、今度は手のひらの上に黒い球体を出現させた。闇属性の魔法だ。

「どうですか？」

ラースが誇らしげに母親を見ると、先ほどとは一転して――恐怖に引きつったような表情をしていた。

「母様……？」

「ひっ、近づかないでちょうだい！」

母親は叫び、ラースを拒絶するかのように手を払った。

「え……？」

突然の母親の態度に、幼いラースは戸惑いが隠せない。

わかることは、自分は何かやらかしてしまったということだ。

母親の元には控えていた侍女がやってきて、「わたくしの子供が闇属性だなんて！」と叫ぶのを必死で落ち着かせようとしている。

――ああ、闇属性はいけないんだ。

三歳のラースにはなぜ闇属性がいけないのかはわからなかったけれど、致命的なことをしてしまったというのは――母親だけではなく、侍女たちの自分を見る目が変わったことでもわかってしまった。

それ以来、ラースの元には母親が来なくなった。

ラースはひとりで遊ぶようになった。

母親だけでなく、兄と会うこともなくなった。

ひとりでやることがないので、魔法の練習をした。魔法がすごいということは幼いラースにもわかったし、それは自分の力にもなるからだ。


そうしてひとり遊びにも慣れてきた頃、ラースは天使に出会った。


「あなた、怪我をしているじゃない！　大丈夫⁉」

少女の声を聞き、ぼうっと俯《うつむ》いて座っていたラースはハッと顔を上げた。

「普通の怪我……っていう感じじゃないわね。いったい誰がこんな酷《ひど》いことをしたの⁉」

「…………」

ラースが闇属性だと周囲に知られ始めてから、今まで遊んでいた子供たちから出会った際に暴力を振るわれるようになってしまったのだ。

右の額《ひたい》はわずかに切れたようで血が流れ、頬を伝って襟まで汚してしまっている。服のいたるところにも泥がついていて、酷い仕打ちだということが一目でわかる。

「あ……ええと」

少女に問いかけられはしたものの、ラースは何と言えばいいかわからなかった。

彼女はプラチナブロンドの美しい髪に、菖蒲色の綺麗な瞳をしていた。そんな天使のような彼女に、自分が闇属性だから殴られたなど……言えるわけがない。

（闇属性があるって知られたら、嫌われちゃう）

そう考えると、何も言えなかった。

ラースが何も言えないのだと判断したらしい少女は、「ハンカチを濡らしてくるわ」と立ち上がった。

「あ！　それなら……」

「え？」

咄嗟《とっさ》に行かないでほしいと思ってしまったラースは、少女の腕を掴《つか》んでしまった。

「えっと、魔法なら使えるから……」

ラースはそう言って、両手から水を出して見せた。以前母親に褒めてもらった魔法だが、ひとりで練習したおかげで出現させられる水の量が大幅に増えている。

「あなた……小さいのに魔法が使えるのね。すごいわ！」

少女は感心しながら、ハンカチを濡らした。

「痛いと思うけど、少し我慢してね」

「？　いたっ！」

「男の子でしょう？　これくらい、大丈夫よ」

ラースの額の切れた傷に、少女が優しくハンカチを当ててくれた。その後は、頬に付いた血や汚れなども拭いてくれる。

――誰かにこんなに優しくしてもらえたのは久しぶりだ。

「……ありがとう」

「ふふっ、どういたしまして」

お礼を言うと、少女は嬉しそうに微笑んでくれた。

（もっと一緒にいたいな……）

そう思ってしまった。

しかし闇属性を持つ自分と一緒にいたら、この少女まで酷い目に遭わされてしまうかもしれない。それは絶対に嫌だった。

（一緒にいたいのに、一緒にいられない）

それは幼いラースにとって、とても辛《つら》い事実だった。

「私はアイリスよ。アイリス・ファーリエ。あなたは？」

「アイリス……」

それは確か、クリストファーの婚約者だったはずだ。

ラースは気づいたときには、自分の名を告げることなく、その場から駆け出していた。

（アイリスとのことだけ思い出そうとしたのに、嫌なことまで思い出してしまったな）

大変うっかりだ。

改めてアイリスに視線を向けてみると、あのときの面影がある。

（でも、アイリスは俺のことなんてこれっぽっちも覚えてなかったんだよな）

王宮魔獣研究所に所属した際にアイリスと顔を合わせたが、特に何の反応も示してはもらえなかった。

（まあ、長い前髪のせいかもしれないけど……）

切った方がいいだろうかとしばしば考えることもあるけれど、やはり長い方が落ち着くのでそのままにしてしまっている。

アイリスはどんな髪型が好みだろうか？なんてことも考えてしまう。もしロングが好きならもっと髪を伸ばすし、短いのが好きなら刈り上げたって構わない。

「……重症かもしれない」

ラースがぼそりと呟くと、アイリスが身動きをし始めた。

「――――！」

「んぅ……ん……ん？」

どうやら起きたみたいだ。

アイリスは熟睡してしまったことに驚いたようで、あわてふためいている。しかも、向かいに座っている自分には気づいていない。

（このまましばらく見ていたいけど……）

きっとずっと黙っていたら怒るだろう。

「おはようございます、アイリス」

ラースがそう告げると、寝てしまっていたことにあたふたしていたアイリスは目を見開いてこちらを見た。

その顔は、真っ赤になっていて、それはそれは可愛らしかった。

最終章シナリオの片鱗《へんりん》

「先輩、おはようございます！　私も読み終わりましたよ〜〜！」

朝の研究室に朗らかなリッキーの声が響いた。

リッキーは頭の上で『魔物の観察旅日記』を持っていて、「面白かったです！」と嬉しそうにクルクル回った。

「おはよう、リッキー。これで感想会ができるわね」

「はい‼」

「おお、儂もバッチリ読み終わっとるぞい」

アイリスの提案にリッキーの返事だけではなく、グレゴリーの返事も突然入ってきた。どうやら感想会がしたくてたまらないようだ。

ふふっと笑い、アイリスは「今日の仕事終わりにどうですか？」とふたりを誘う。こうして急遽《きゅうきょ》感想会が開かれることになった。

「……ということで、今日は絶対に残業できないわね！」

それはアイリスだけでなく、リッキーもだ。

ちらりとリッキーの方を見ると、いつもの三倍くらいの集中力で机に向かっている。これは負けていられない。

「さてと、今日の仕事内容は……っと」

アイリスは自分の机の上にある書類を確認する。

王宮魔獣研究所には、毎日のように各所からの報告書が上がってくる。

それはどこに魔物が出ただとか、いつもと魔物の数が違うとか、種類は何だったかなどから始まり、瘴気の発生状況やそれによる被害なども送られてくる。

「今、瘴気が一番強い場所は……北の森か……。って、北の森!?」

思わず声をあげてしまったアイリスは、慌てて自分の口に手を当てる。周囲の視線がこちらに向いたので、澄ました顔で「何でもないわ」と告げておく。


北の森の魔物の大反乱《スタンピード》――。

それは、ゲームの最終章で起こるシナリオだ。

爆発的に魔物が増え、その群れが王城へ向かってくるという、とんでもない内容になっている。

ゲームではヒロインが四人の攻略対象者たちとそれを食い止め、ハッピーエンドを迎えるというものだ。

地味に優しい設定だからなのか、ここで食い止めそこなうというルートはないので、王城にいれば安全は確保される。

(そうか、もうそんな時期なのね……)

恐らく今後、魔物が発生したという報告が相次ぐだろう。

研究所には、ルイを始めとした魔獣たちを戦いに参加させるようにという命令がくるかもしれない。

(どうにかして、エンディングまでに瘴気の発生原因を突き止めて解決したいと思っていたんだけど……無理そうね)

アイリスは読み終わった書類を机の上に置き、ふうと息を吐いた。

「何か嫌な報告書でもありました？」

「！　ラース」

声をかけてきてくれたラースは、「どうぞ」とアイリスの机にミルクティーを置いた。

「ごめんなさいね、気を遣わせちゃったかしら」

「いいえ？　俺が淹れたいと思っただけですから。今日は甘めにしてみました」

「……ありがとう」

お礼を言ってミルクティーに口をつけると、心地よい甘さに疲れが抜けていくのを感じる。

実は、普段はあまり口にしないけれど甘いミルクティーが好きなのだ。

「そういえば、髪切ったんですね。可愛いです」

「え？　あ、ありがとう……？」

ふいに告げられたラースの言葉に戸惑いつつも、アイリスはお礼を言う。

（切ったっていっても、前髪を数ミリくらいなんだけど……）

よく気づいたものだ。

（さすがはイケメンというところなのかしら。私だったら他人が……いや、家族が前髪を数ミリ切っても気づかない自信がある）

アイリスがすごいなと変な尊敬を向けていると、ラースは机の上の書類を手に取り眉間に皺を寄せた。

「魔物の発生頻度が高いですね」

「そうなのよ。……近いうちに、調査するよう依頼が来るかもしれないわね」

「いろいろ想定して、準備しておいた方がいいかもしれませんね。備品も、いつもより多めに発注しておいた方がよさそうです」

何が起こるかを予想し、できる限りの事前準備をした方がいいとラースが言う。こうして危機感を持ってくれるのは、非常にやりやすくて助かる。

（魔物の大反乱なんてシナリオ、説明のしようがないもの）

仮に説明したとしても、信じてもらうことは難しいだろう。

なので、アイリスはどうにかして非常時のための準備を進めたいと考えていたのだが……。

ラースが積極的なので助かった。

「発注関係は俺がやっておきますよ。そのとき、所長とも話してみます」

「ありがとう。私は出現した魔物の集計をして……ルイたちの様子も一度見てきた方がいいかもしれないわね」

「お願いします」

もしかしたら、魔物の発生を感じたりしているかもしれない。

「ええ。任せてちょうだい」

ラースが戻ったのを見て、アイリスは「これから正念場よ！」と自分自身に気合を入れた。


王城の敷地内を歩いて十五分、アイリスは魔獣舎へやってきた。

ありがたいことに、書類仕事はリッキーが引き受けてくれたのだ。「魔獣たちが一番懐いているのは先輩ですから、行ってきてください」と。

「ルイ、ネネ、アーサー。元気にしてる？」

アイリスが顔を出すと、みんなが一斉にこちらを見た。とても元気そうで、ぱっと見は変わりはなさそうだ。

『アイリス！』

『ニャー』

『ヒヒン』

「最近、魔物の発生が多いみたいでね。みんなが心配で見に来たの」

ここへ来た理由を告げると、ルイが『ああ～』と心当たりがあるかのように頷いた。

『確かに魔物が増えてるよな』

「え、もしかして理由を知ってるの？」

『いや、理由はわからない……』

「そっか」

ちょっと残念に思いつつも、魔物が増えていることが確かであるという情報を得られただけでも収穫だ。

「まだ討伐遠征の話とかは出てないけど、もしかしたらみんなにも協力してもらうことになるかもしれない」

つまり、ルイたちが騎士と共に魔物と戦うということだ。

ルイたちも魔物だとはいえ、傷つくことはあるし、相手の魔物の方が強い可能性だって十分ある。魔物だから大丈夫、ということはないのだ。

アイリスが心配そうな表情で告げると、ルイはあっけらかんとした顔で笑う。

『何だ、そんなことか。お安い御用だ。俺がアイリスを守ってやる！』

「ルイ……！」

イケメンな発言に、なんていい子なのだろうとルイをもふもふしたい衝動に駆られてしまい――もふもふした。

『ニャニャッ』

『ブルルッ』

「ありがとう、ルイ。ネネにアーサーも、ありがとう」

こうして、少しずつだがアイリスも最終章のシナリオに向けて準備を開始した。

＊＊＊

「読みました⁉　最後の！　ケットシーの親子の話！」

「あれはやられましたね……」

「儂は号泣しながら読んだんじゃ」

リッキーの言葉にアイリスが同意し、グレゴリーは思い出したせいか涙が浮かんでいる。この感想会は、大量のハンカチが必要だったかもしれない。

ここは街の飲み屋の一室。

飲み屋といっても雰囲気は高級料亭に近く、個室を完備している。アイリスたち研究所の職員がよく使うお店だ。

お酒の種類が多いのはもちろんのこと、料理も美味しい。

ここの料理長は各国を料理修業していたらしく、いろいろな郷土料理も知っている。それを、この地域の人間が食べやすいようにアレンジして出してくれているのだ。

しょっぱなから飛ばし始めたリッキーを見て、「これはお酒が進みそうですね」とラースが笑う。

「それにしても、ラースまで本を読んでいたのね」

「本は好きで、よく読むんです。旅観察日記も、興味深くて勉強になりました」

「そうじゃろう、そうじゃろう！　ラースはどの魔物のところがよかったと思うかね？」

アイリスとラースが話をしていたら、片手にお酒を持ったグレゴリーが加わってきた。本のことを話したくて仕方なかったようだ。

ラースも「俺がいいなと思ったのは――」と、話を始めた。

これは長くなりそうだぞと思ったアイリスは、苦笑しつつもリッキーのところへ行く。こっちは「ケットシーちゃん～！」と涙目になっていた。

（これはお酒も結構飲んでいるわね）

次に感想会をすることがあったら、お酒は禁止にした方がよさそうだ。

アイリスが店員にお水を頼んでいると、リッキーが「そういえばっ！」と目を輝かせてきた。

「作者のあとがき、読みました？」

「ああ、聖獣伝説のこと？」

「それです！」

聖獣伝説とは、金色の瞳を持つ王族は聖獣を従え世界を救う――という、この国に伝わるお伽話だ。

作者は魔獣が存在しているのだから、聖獣もいるのでは？と考えているのだと綴《つづ》られていた。

アイリスは流し読みしたが、リッキーはそういった話も好きらしい。

「……そういえば前に、クリストファー様が自分の目は伝説の金色だ！と言っていたことがあったわね」

「え！　クリストファー殿下って金色の瞳なんですか!?」

ガガーン！とショックを受けたリッキーに、アイリスは苦笑して「違うわ」と告げる。

「光の加減によっては金がかって見えるかもしれないけど、水色よ」

「なぁんだぁ〜」

アイリスの言葉を聞いて、リッキーはあからさまにほっとしている。クリストファーが伝説の人物だなんて、絶対に嫌みたいだ。

「乙女の夢を壊す展開じゃなくてよかったです！」

「そんなこと、声を大にして言うもんじゃないわよ……」

リッキーの爽やかなまでのクリストファー下げに、アイリスはやれやれと肩をすくめる。

「でも……」

「ん？」

「……本当にそんな、金色の瞳の王子様がいるのなら——アイリス先輩を助けに来てくれたらいいのに」

そして聖獣たちに命じてクリストファーを退治してもらえばバッチリですね！と。

「嬉しいけどそれ以上は駄目よ、リッキー。誰かに聞かれたら大変じゃない」

「はぁい」

するとリッキーが「先輩〜！」とニヤニヤした顔で距離を詰めてきた。そしてアイリスの耳元に口を寄せて、小声で話しかけてくる。

「今だから聞いちゃいますけど……ラース先輩とはどうなんですか？」

「……どうとは？」

思わず真顔で返事をしてしまった。

しかしリッキーはそんなこと気にもせず、話を続けてくる。

「だって、ラース先輩ってめっっっちゃ先輩のこと気遣ってるじゃないですか。私、ミルクティーどころか珈琲淹れてもらったこともないですよ？　これってラブじゃないですか⁉」

「お、落ち着いてリッキー！　ここにはラースもいるのよ⁉」

ラースはグレゴリーと話に夢中になっていて、さらにリッキーは小声だとしても、同じ室内にいるのだ。聞こえていても不思議ではない。

「そもそも、私はクリストファー様の婚約者よ」

生まれてすぐ、親に決められた政略結婚。

（まあ、婚約破棄されるのだけれど）

だからといって、ほかの誰かとの恋バナをしていいわけではない。もしクリストファーの耳にでも入ったら、かなり面倒なことになるだろう。

アイリスがそう言うと、リッキーは頬を膨らませて拗《す》ねてみせた。

「だって！　クリストファー殿下はシュゼット様にぞっこんじゃないですか。もう、城に勤めてて知らない人はいませんよ！」

「…………」

それには何の反論もできない。

「私は！　先輩に幸せになってほしいです。先輩は私が研究所に入ったばっかりの頃、いろいろ丁寧に教えてくれたじゃないですか。何度失敗しても、成功するまで根気よく付き合ってくれて……。だから先輩のよさをわかってない――婚約者も大事にできないような男の嫁に行くなんて、嫌ですっ‼」

「リッキー！　嬉しいけど、誰かに聞かれたら不敬罪にかけられるから落ち着いて！」

「ううぅ～」

ちょうど店員が水を持ってきてくれたのでリッキーに飲ませ、どうにか落ち着かせたのだが――ラースとグレゴリーがこちらを見ていた。

（……どこから聞かれていたかしら）

最初のアイリスとラースの下りはさすがに聞かれていないだろうなと思いつつ、アイリスは苦笑する。

「私は別に大丈夫だから、感想会を続けましょう？　リッキーの復活には少しかかりそうですけど」

「そうじゃな。リッキーが復活するまで楽しく話をして、デザートを食べて帰るのがいいじゃろう」

「そうですね」

お互いに頷き合って、寝てしまったリッキーが起きてくる一時間後まで楽しく本の感想を言い合った。

＊＊＊

たっぷり喋りあった感想会の帰り道。

少し前の方には、酔いのさめたリッキーが食後の雑談とばかりにグレゴリーと本の内容について話しながら歩いている。

そしてアイリスの横には、ラースがいる。

「リッキーの酔いはさめてきたみたいだけど、テンションが高いわね」

アイリスがクスクス笑いながらラースに言うと、「そうですね」と返ってくる。その表情はどこか真面目なもので、何か考えているようだ。

「……？　ラースってば、どうかしたの？」

「アイリスは辛くはないんですか？」

「え？」

ふいに投げかけられた質問に、アイリスは目を瞬かせる。いったい何のことだ、と。

「……クリストファー殿下のことです。リッキーも言っていたじゃないですか」

「ああ～……」

クリストファーがシュゼットにぞっこんで、アイリスという婚約者がいながら浮気をしていて辛くないのかということなのだろう。

（辛くないと言ったらきっと嘘になるんだろうけど、もう辛いと思うことにも疲れちゃったのよね）

それほど、アイリスとクリストファーの仲は昔から上手くいっていないのだ。

「…………」

「あ、すみません。こんなことを聞いてしまって」

「別にいいわよ」


そしてふいに蘇《よみがえ》るのは、子供の頃の記憶。

アイリスがクリストファーと婚約したのは生まれてすぐだったけれど、実際に会ったのはふたりが六歳のときだった。

「今日はクリストファー殿下にご挨拶するため、王城へ行きます。いいですね、アイリス。教えた通りのこと以外はしてはいけませんよ」

「はい、お母様」

アイリスが教えられたことは、挨拶の仕方と、クリストファーへの「殿下のおっしゃる通りです」という返事のみ。

（さすがにそれじゃあ会話が変になるんじゃ……）

と内心では思いつつも、アイリスが反論すると母はヒステリックになるのだ。なので、仕方なく素直に返事をしている。

最初——生まれたときは、アイリスの誕生を喜んでくれた。

しかしアイリスが闇属性だということがわかると、距離を置かれてしまったのだ。あからさまな扱いの変化に、精神年齢の高いアイリスもさすがに多少は堪えた。

（……家族仲は上手くいかなかった）

だけど、自分の婚約者——攻略対象キャラクター《クリストファー》なら、何か変えてくれるかもしれない。そんな一縷《いちる》の望みを持っていたのだ。

純粋に、大好きなキャラクターに会えるという嬉しさもあった。

ああ——早く会いたい。

しかし、そんなアイリスの望みはすぐに打ち砕かれることとなる。

「お前が俺の婚約者か？　ちゃんと、俺の役に立つんだぞ」

「……デンカノオッシャルトオリデス」

（は？？？？？）

王城で出会ったクリストファーには、乙女ゲームのときの面影は一切なかった。いや、容姿だけは面影があるけれど。

アイリスの両親は頷いている。

クリストファーは国王が急な執務で同席できず、王妃が一緒なのだが——クリストファーの肩に手を置いて、「そうですね」と頷いている。

（え、王妃様もやばい人なの？）

アイリスの背中に嫌な汗がダラダラ流れる。

しかしアイリスが何かを考える前に、王妃が口を開いた。

「ファーリエ侯爵。アイリスをよく教育されているようですね。闇属性なのだから、せめてクリストファーの役に立つようにね」

「ええ、もちろんでございます」

父が恭《うやうや》しく頭を下げるのを見て、アイリスは大人たちに期待してはいけないのだと、改めて学んだ。

同時に、まだ幼いクリストファーであれば仲良くできるのでは？と考えたけれど、そんなことはまったくなかった。

今回の挨拶以降、何度かアイリスが登城して会う機会はあったのだが……クリストファーの態度はずっと同じままだった。

アイリスが何を言っても、クリストファーの心には一ミリも響いてはくれなかったのだ。

（やっぱり、悪役令嬢じゃ何もできないのかな……）

そんな気持ちのままふたりは大人になっていき、アイリスはゲームのエンディング後にひとりで生きる術を得るため研究所に勤め始めた。

研究所を選んだのは、アイリスなりにこの世界の瘴気という問題を憂い、どうにか解決の糸口を見つけられたら……と思ったからだ。


もうすっかり、クリストファーとのことを言われても何も思わなくなってしまった。

（そりゃあ、昔は気にすることもあったけど……）

アイリスは苦笑しつつ、心配そうな表情のラースに「大丈夫よ」と告げる。

「所詮、貴族の結婚なんてこんなものなのよ。恋愛結婚っていうわけでもないし」

暗くならないよう、アイリスはあっけらかんと告げる。

「今は仕事が楽しいもの。所長は噂《うわさ》や家じゃなくて私自身を評価してくれるし、リッキーは慕ってくれて……」

アイリスが今の環境のよいところをあげると、ラースが頷く。

「それに……頼りになる同僚もいるもの」

「——！」

ふふっと笑みを浮かべながらアイリスが告げると、ラースは一瞬硬直しつつも嬉しそうに頬を緩めた。

「アイリスに頼ってもらえるなんて、光栄です」

「大袈裟《おおげさ》よ、ラースったら。……ああ、王城に着いたわね」

前を見ると、ちょうどグレゴリーとリッキーが門をくぐるところだった。

「今日は楽しかったわ。ありがとう、ラース」

「俺こそ、今日はありがとうございました。アイリスと話ができて嬉しかったです」

「——！　そう」

ストレートなラースの言葉に若干照れつつ、アイリスは「行きましょう」とグレゴリーとリッキーに合流した。

「それじゃあ、おやすみなさい」

「おやすみなさい」

就寝の挨拶をして、それぞれ寮の部屋へ帰った。

閑話　無自覚にラブラブなふたり

王宮魔獣研究所は、リッキーの職場である。

研究所というと神経質な人間ばかり集まって大変なのでは……と、多少ドジなところがあるリッキーは不安に思っていたが、まったくそんなことはなかった。

所長のグレゴリーを始め、研究所は優しい人ばかりだったからだ。


そんなリッキーの趣味は恋バナだ。

残念ながら研究所には恋バナに付き合ってくれそうな人はあまりいないけれど、恋バナの対象として気になっている人はいるのだ。

（ラース先輩って、いつもアイリス先輩を気遣ってるよね）

アイリスの仕事がひと段落したところを見計らって、飲み物を持って行くのを見かけることがある。

しかもその飲み物は、アイリスの気分や体調を見て変えているらしい。

珈琲、紅茶、ハーブティー、それに砂糖、ミルク、蜂蜜と組み合わせもいろいろなパターンがある。

ちなみにリッキーがラースに飲み物を淹れてもらったことはない。というか、アイリス以外が淹れてもらっているのを見たことがない。

（これが恋でなければ何と言うのか？）

リッキーが見ている限り、アイリスもまんざらではないように感じるのだ。

ただ――この恋には高い壁がある。

アイリスには婚約者がいる。

それもこの国の王太子。こんなの、簡単に間に入っていけるわけがない。

（ラース先輩が他国の王子様だったら何とかなったかもしれないのに）

と、何度か考えてしまったほどだ。

リッキーが強くそう思うのは、クリストファーのアイリスへの対応だ。ぞんざいに扱われていることは、城勤めで知らない人はいない。

（アイリス先輩の何が気にくわないって言うの？　シュゼット様みたいに笑えっていうの？　アイリス先輩のよさはそこじゃないでしょ‼）

と、気づいたらクリストファーへの怒りが溜まっているリッキーである。

——アイリスとの出会いは、一年ほど前に遡る。

リッキーが新人研究者として王宮魔獣研究所へ勤め始めたときの教育係がアイリスだったのだ。

(わ、美人さんだ……!)

思わず見惚《みと》れてしまった。

「私はアイリス。あなたの教育係よ、よろしくね」

「よろしくお願いします!」

研究所の制服をキッチリ着こなしているアイリスは厳しそうな印象を受けたし、実際に指導はめちゃくちゃ厳しかった。

「リッキー、ここの計算が間違ってるわ。式は覚えている?」

「す、すみません……。まだ覚えきれてないです……」

昨日、アイリスに教えてもらったいくつかの計算式。

仕事中に覚え切ることは無理だったので、寮の部屋に帰ってから復習しようと思っていたのに……疲れ果てていたせいかすぐに寝てしまったのだ。

リッキーは怒られる!と思ったけれど、アイリスは「そうなの」と言って紙に計算式を書き始めた。

「え？」

そしてリッキーの机に貼ってくれたのだ。

「こうしておけば、いつでも確認できるでしょう？」

「あ……確かに。ありがとうございます！」

「構わないわ。わからなくなったら、いつでも聞いてちょうだい。何度聞いたっていいのよ。そのために私がいるんだから」

「あ、アイリス先輩……っ！」

この一件があって、リッキーはわからないことや相談があれば、すぐアイリスに話すようになった。アイリスはその都度、嫌そうな顔をひとつもせずに、丁寧に教えてくれるのだ。

最初はきつい人だと思っていたアイリスは、ただそういう顔立ちとサッパリした性格だっただけだった。

ということがあり、リッキーはアイリスに懐くようになっていったのだ。


そんな彼女がクリストファーの婚約者だと知ったのは、しばらく経ってからだったが……。

（先輩の優しさがわからないなんて、王太子マジ見る目ない‼）

我が国は大丈夫なのだろうか？

しかしそんなことを直接言ったら不敬罪で捕まってしまうので、リッキーはじっと我慢して心の中で呪うだけに留めているのだ。

（それと引き換えラース先輩は……）

リッキーがちらりとアイリスの席へ視線を向けると、ラースと話をしているところだった。

会話の内容までは聞こえてこないけれど、ふたりの表情を見れば楽しいのだろうということはわかる。

（ほら！　あんなの絶対に両想いだよ！）

いや、ここは両片想いと言うべきだろうか？　どちらにせよ、互いのことが気になってしまう甘酸っぱい時期だ。

（……王太子がシュゼット様を選んでアイリス先輩と婚約破棄したら、ラース先輩とゴールインできるんじゃない？）

なんてことを考えてみたが、そうすると王太子と婚約を解消されたとしてアイリスの外聞に傷がついてしまうだろう。難しいものだ。

（近くに行ったら、ふたりの会話も聞こえるかな？）

リッキーは飲み物を入れに行くついでなのだと自分に言い聞かせて、ふたりの横を通った。

「……の使い心地はどうですか？」

「気持ちよすぎて、困るくらいよ」

ラースの問いかけに、少し照れた様子でアイリスが答えている。

リッキーの脳内は、え？　何が気持ちいいの？　ちょっと詳しくお願いします⁉　と混乱しかけているが。

「でも、本当に私がもらってよかったの？　ラースだって、疲れが溜まってるんじゃないの？　魔導具を作る作業は緻密だって聞くし、本もよく読むでしょう？　それに仕事だってあるじゃない。……あなた、いつ休んでるの？」

「俺、そんなに睡眠時間いらないタイプなんです」

「何それ、羨ましすぎるわ」


給湯室に入って、リッキーは盛大に息を吐いた。

（ああ～～！　仕事じゃなくてプライベートの話だった～～～～‼）

しかもアイリスがラースの体調を気遣っていた。もうこんなの、恋人同士の会話じゃないのか？とリッキーは思ってしまう。

身もだえながらお茶を淹れたリッキーは、自分の席へ戻りながら再びふたりの話に耳を傾けた。

「俺より、アイリスの睡眠時間が少ない方が心配なんですよ。ほら、昨日より少しだけ隈が濃くなってますし、むくみもちょっとありますよね？」

「……そんなの私でも気づかないいんだけど？」

ラースへの返事をしたアイリスの言葉に、リッキーは全力で同意した。

（アイリス先輩は今日もいつも通り美しいんですけど……。隈とむくみだって、言われてみても……言われてもよくわからない。むくんでいる……の……？）

リッキーはアイリスの目元、顎回りや手元などをさり気なく見てみたがまったくわからなかった。リッキーの目にはいつも通り美しいアイリスが映っている。

（あれで先輩がむくんでるっていうなら、私は？　私はむくみマンなんじゃないの？）

よくわからないけれど、リッキーは自分がアイリスよりむくんでいる自信だけはあった。

（…………）

ラースの目はきっと特殊なのだろう。

困惑したようなアイリスに、ラースは不思議そうだ。

「そうですか？」

「そうよ」

（そうですよ）

こてりと首を傾げるラースに、アイリスだけでなくリッキーも心の中で返事をしてしまったのは仕方がないだろう。

「今日は早く寝てくださいね。仕事が多くて定時過ぎそうなら、手伝いますから」

「そこまで気を遣わなくても大丈夫よ。でも、ありがとう。何かあったときはお願いするわ」

「はいっ」

アイリスに頼られたラースは、ぱあっと表情を輝かせて頷いた。その様子は、まるでご褒美をもらえたワンコみたいだ。

（やっぱりラブラブだと思う）

ふたりの無意識下のラブラブっぷりにあてられたリッキーは、自分の席へ戻るとすぐにお茶を飲んで心を落ち着かせるのだった。

生態調査

アイリスがいつも通り仕事をしていると、グレゴリーが手を叩《たた》いて「ちょっと注目してくれるか？」と研究所内を見回した。

「ふむ……。外に出ている者以外は、全員揃《そろ》っているようじゃの」

グレゴリーは頷くと、話を始めた。

「今年も生態調査の時期がきた。滞在期間は各十日ほどじゃ。ふたり一組になり、いくつかの地域の調査をしてもらう」

（そういえば、もうそんな時期だったわね）

アイリスを始め、研究者はみんな慣れたことなので頷いている。


生態調査とは、各地の魔物の状況を調べてくる、というものだ。

王宮魔獣研究所からはふたり一組で、場所によって騎士を護衛に連れていくことができる。地域を希望する者がいれば別だが、大抵はグレゴリーの決定に従って調査に行く。

近い場所だと馬車で半日だが、遠いと行くだけで十日ほどかかってしまうこともある。が、観光気分にもなれるので、それを楽しみにしている人も多かったりするのだ。

「行きたい地域がある者はおるかの？」

そう言って、グレゴリーは全員の顔を見る。誰も発言をしなかったので頷くと、「では」と机の上に置かれていた生態調査の資料を配った。

アイリスも見てみると、日程とペアが書かれている。

（私は馬車で一日行った所の森ね。組む相手は……ラースか）

ちらりとラースに視線を向けると、嬉しそうにこちらを見ている。あるはずはないのだが、ブンブン振られているもふもふの尻尾が見えるかのようだ。

「それでは、各自日程通りに頼む」

「「はい！」」

全員が返事をし、再び仕事へ戻った。


アイリスが席に着くと、すぐにリッキーが「先輩～！」とやってきた。

「どうしたの？」

「初めての生態調査だから、緊張しちゃって……」

「ああ、そうか。一年目は調査には行かないものね」

リッキーは一年前に研究所で働き始めたので、二年目の今回から生態調査へ参加することになっている。

「リッキーは……馬車で半日くらいの場所ね。穏やかな森だし、大丈夫よ。一緒に組むのもエマだし、指導してもらって成長してくるといいわ」

「それはもう！　もちろんです！」

しかし意気込みと緊張は違うのだと、リッキーは主張する。

「荷物って、持っていくといいものはありますか？」

「そうね……。急な雨は考えられるから、外套《がいとう》を始めとした雨具。それから、できるだけ長いブーツ。防水加工がしてあるといいわね。あと、着替えは多めに持っていくといいわ」

ほかにも入用なものを上げていくと、リッキーは「メモします！」と熱心にノートに書き込んでいった。

すると、「俺にも教えてください！」とラースが顔を出してきた。

「ラースは初めてじゃないでしょう？　リッキーに教えてあげる方じゃない」

「とはいっても、俺だって今回が二回目ですよ？　不慣れなことばっかりですよ」

前回はいろいろ荷物が足りなくて、近くの街で購入するはめになって大変だったのだとラースが苦笑している。

「ラース先輩でもそんな失敗があるんですね……。いつも、何でも卒なくこなしてますから、荷づくりは完璧なのかと！」

「俺なんてまだまだですよ！　だから今回、アイリスと一緒ですごく嬉しいんです。頼りになる先輩と一緒っていうだけで、何でも上手くいきそうじゃないですか」

ラースが嬉しそうに告げると、リッキーが全力で「わかります‼」と頷いている。

（私への信頼が厚すぎる……）

とりあえずふたりには「靴下はいっぱい持って行くといいよ」とアドバイスしておいた。

＊＊＊

生態調査に向かう当日。

調査には研究所に一度顔を出し、グレゴリーに挨拶してから、手配されている馬車で向かうことになっている。

そのため、アイリスは研究所でラースを待っていたのだが……とんでもないものを持ってきた。

「調査に役立つと思って、新しく魔導具を作ってみたんです」

と、ラースがさらりと言ってのけた。

「それは助かるけど、その魔導具って……」

「ここに映ったものを記録して、紙に写して保存することができるんですよ」

アイリスが問いかけると、ラースが嬉しそうに説明をしてくれた。

「カメラじゃん……」

思わずアイリスは呟いてしまい、慌てて口を塞ぐ。この世界には、カメラなんてものは存在しない。

（というか、ゲームでもカメラの魔導具なんて出てこなかったんだけど……？）

アイリスがいったいどうなっているのだろう？　単純にゲームでは出てこなかっただけだろうか？　と首を傾げていると、ラースから「いいですね！」と笑顔が返ってきた。

「この魔道具の名前はカメラにしましょう」

あっさりカメラという名前になってしまった。

ラースが首から下げているのは、見た感じはクラシックカメラなのだが、ボディは薄く、液晶がついている作りになっていた。

（ミラーレス一眼じゃん……）

今度は声に出さず心の中で突っ込みを入れることに成功した。

アイリスとラースがカメラについて話をしていると、リッキーが「何ですか？　それ」と話に加わってきた。

するとラースはカメラを構えて、アイリスとリッキーを見た。

「説明するよりやってみた方が早いですね。ふたりで並んでみてください」

「はーい！」

「私も⁉」

戸惑うアイリスはリッキーに手を引かれて、問答無用で並ばせられてしまった。

「撮りまーす」

ラースの声と同時に、バシャッとシャッターを切る音が響いた。無事に写真は撮れたのだろうかと、アイリスはラースの元へ行きカメラの液晶を覗き込む。

「わ、すごく綺麗に撮れてる……」

アイリスが呟くと、「アイリスはいつでも綺麗ですよ」とラースが笑顔で返事をした。

（そういう意味ではないんだけど……）

「ええと、ありがとう」

褒められ慣れていないアイリスは照れつつも、カメラまで作ってしまうラースの魔導具の腕前は、研究所にいていい人材ではないのではと思ってしまうほどだった。

「何が見えてるんですか？　私にも見せてくださいっ！」

「今、紙に写すのでそれを差し上げますよ」

「紙に写す？」

リッキーはラースの言葉がわからなかったようで、頭の上にクエスチョンマークを浮かべている。

「見る方が早いですからね」

ラースはそう言うと、鞄の中からプリンタに似た機械を取り出した。しかもちゃっかり持ち運びできる小型サイズだ。

（軽量化済みですって……!?）

アイリスが勝手にプリンタと呼ぶことにしたそれの上にカメラを乗せると、使用されている部品の一部――魔石が光り、プリンタがカタカタ動き始めた。

（印刷が開始された！）

「何なに!?」

リッキーが目を輝かせてプリンタを見ていると、「何が始まっておるんじゃ？」と興味津々のグレゴリーもやってきた。

「アイリスとリッキーを記録したので、それを紙に写したんです。……ほら、出てきましたよ」

「わあぁぁっ！　すごいっ！　私と先輩が写ってる‼」

リッキーは写された紙を持ち上げて、「すごいすごい」と嬉しそうにしている。グレゴリーも目を見開いて「何じゃこれは！」とものすごく驚いている。

アイリスはといえば、前世で見慣れたものなのでそこまで驚きはしなかった。

「もしや、これで魔物の生態調査をするつもりかの？」

「そのつもりです」

グレゴリーはすぐにカメラの有用性に思い至ったようで、「国へ申告が必要だと思うぞ」と告げた。確かにカメラがあれば、いろいろなことができるようになる。

ラースはにっこり微笑み、「そのうちしておきます」と返事をした。

みんながカメラに興味津々になってしまったので、生態調査へ出発する前に撮影会が始まった。

「それじゃあ撮るわね。はい、チーズ――」

アイリスがカメラ係を名乗りでたのだが、うっかりいつもの癖でお決まりの台詞を言ってしまい「あ」と苦い顔をする。

すると、リッキーが「チーズ⁉」と反応した。

「チーズ美味しいですよね。言われたら、ついつい先輩の方を見ちゃいそう……ハッ、だから掛け声に使ったんですか⁉　天才です！」

リッキーが勝手に解釈し、これからカメラで撮るときは「はい、チーズ」というかけ声に決まってしまった。

室内に「はい、チーズ！」が何度も響き、アイリスたちはたくさん写真を撮った。

それぞれひとりずつの証明写真のようなものから、仕事風景を撮ってパンフレットみたいだなと思ったり、女性研究者が可愛いポーズをしたり、男性はジャンプした瞬間を撮ってもらったりしていた。

（みんな楽しそうね）

アイリスがそう思いながら見ていると、ラースがこちらにやってきた。その手にはしっかりカメラを持っている。

「そろそろ出発しないと、今日中に調査地に近い街に着くのが難しくなりそうです」

「それは大変！」

のんびりはしゃぐみんなの様子を見ている場合ではなかった。

アイリスが慌てて立ち上がると、ラースが「その前に」とアイリスにカメラを向けた。


「よかったら、出発記念ということで一緒にどうですか……？」


そう言われて初めて、アイリスも何枚か写真に写ったけれど、ラースとは一度も撮っていないことに思い至る。

（改めて言われると、何だか恥ずかしいわね……）

そう思いつつもアイリスは了承の返事をして、ニヤニヤするリッキーにツーショット写真を撮ってもらった。

＊＊＊

アイリスとラースが生態調査に来たのは、王都から馬車で南に一日ほど行ったところにあるラビラという小さな街だ。

ラビラには羊飼いが多くいて、郊外では羊が放牧されていることが多い。羊毛はもちろんだが、羊肉の人気も高い。

街並みは綺麗に整備されていて、オレンジの屋根の多い可愛らしい場所だ。

アイリスとラースは馬車から降りて、ぐぐっと伸びをする。

休憩をはさみつつの移動だったとはいえ、さすがに日中ずっと馬車に揺られているのは大変だった。

（お尻が痛いし身体も固まってる……）

今日はもう夕日が沈んでいるところなので、調査は明日からだ。

アイリスが馬車から荷物を取り出して運ぼうとすると、ひょいっとラースに取り上げられてしまった。

「疲れてますよね？　これくらいは、俺に任せてください」

「え？　でも、結構重たいから――」

荷物には着替えをたくさん、タオルも多めに持ってきている。それから調査道具なども入っているので、大きいし重たいしなのだが……ラースは軽々と持ち上げてしまった。

（意外に力あるんだ……）

いつも魔導具を作っていたし、身体を鍛えているような様子もなかったので、てっきり体力はないと思っていたのだが……そうでもなかったようだ。

何だかラースの知らなかった一面を見れて、新鮮な気分になった。


――翌日。

アイリスとラースは馬に乗って、森の調査にやってきた。

調べることは魔物の種類や遭遇頻度、それから瘴気がどの程度発生しているかという点だ。

今回調査する森は危険な魔物はいないため、護衛の騎士はお願いしていない。

森の木々は柔らかい黄緑色で、小川の近くでは野生動物が水を飲んでいる光景を見ることができる。とても穏やかな森だ。

特に危険は予想されていないが、いつもの制服にそれぞれ武器を仕込んでいる。

アイリスは護身用の軽めの短剣で、ラースは腰の部分に長剣が一本と短剣が三本。短剣は服の中にも小さなものを仕込んでいるのだと言っていた。

「天気もいいし、何だかトレッキングみたいね」

アイリスが笑いながら告げると、ラースも頷いて同意する。

（まあ、侯爵令嬢で王太子の婚約者を危険な森の調査に向かわせるわけないものね）

つまりは忖度《そんたく》されただろう結果の調査地なのだが、これぱかりは仕方がない。

「とりあえず、仕事はしっかりこなしましょう」

「はい。アイリスはカメラで撮影をしてもらっていいですか？」

「え？　それはラースがするんじゃないの？」

なぜかカメラ係をお願いされ、アイリスは戸惑う。

カメラの魔導具を作ったのはラースなのだから、自分で使って生態調査でものすごく評価されたらいいとアイリスは思う。

「いえ、採取しなければいけないものもありますから。木の高いところだったり重い石の下の土だったりしたら、アイリスは大変じゃないですか」

「そうね……？」

木の高い部分の幹や、魔物の巣があったら確かに大変だろう。

しかし重い石の下の土は必要ないのでは……？と思ったが、ラースが気遣ってくれているのだということに気づく。

ラースは「駄目ですか？」と、少しだけしょんぼりしていて……垂れ下がった犬の耳が見えるかのようだ。

「ありがとう、ラース。甘えさせてもらうわね。頑張って早く終わらせて、街の観光もしましょう？」

「はいっ！」

アイリスがカメラを受け取りラースに観光を提案すると、それはそれは嬉しそうに頷いた。


生態調査は、早朝、午前中、午後、夕方、夜、深夜と、細かく時間が決められている。

魔物によって活動時間が違ったり、時間帯によっている場所が違ったりすることがあるからだ。そのため、観光を……といいつつも、かなり大変だったりする。

アイリスは額に角の生えたウサギの魔獣の巣や、魔物の足跡、森の様子など、いろいろなものをカメラで撮った。


――しかし事件は調査を始めてから数日後に起こった。

いつものようにアイリスが魔物の小さな足跡を撮影していると、一匹分だけ違う、大きな足跡を見つけてしまった。

それは軽く五十センチメートルはあり、地面にくっきりと鋭い爪の跡が残っている。

（何、これ……。この森にいる魔物のサイズじゃない）

もしかすると、ゲームの最終章のシナリオが関わっているのかもしれない。アイリスは急いでラースを呼ぶ。

「見て！　狼タイプの魔物の足跡があるわ」

「！　この森に狼タイプが出るなんて、今までありませんでしたね。ここは街の人も来ることが多いので、早急に対処が必要でしょう」

ラースはしゃがみ込み、足跡をまじまじ見ている。恐らく記憶の中でどの魔物の足跡か考えているのだろう。

「……ひとまず街に戻って、森を立ち入り禁止にしましょう。魔物による被害は、今朝の時点では特に報告されていませんから」

「そうね。急いで街に――」


しかし瞬間、アイリスの背筋にぞくりとしたものが走る。

「アイリス‼」

そして同時に聞こえるラースの叫ぶような声。

やばい、と心臓が跳ねる。

アイリスが振り返ると同時に、飛びかかってくるブラッディウルフが目に入った。しかしすぐ、ラースがアイリスの腕を引いて自身の後ろへと隠す。

「きゃあっ！」

「させません！」

ラースは護身用に持っていた短剣を構え、ブラッディウルフの攻撃を受けた。鋭く大きな牙がラースを食いちぎろうとしているが、間一髪で防げたようだ。

ブラッディウルフは大きく後ろへ飛びのいて、こちらを睨んでいる。

（た、助かった……）

思わずアイリスの身体から力が抜けそうになるが、そんな場合ではない。ブラッディウルフはまだ、こちらを獲物として見ているのだ。

「大丈夫ですか？　アイリス」

「え、ええ。でも、どうすれば……。ラースの短剣捌《さば》きには驚いたけど、逃げ切れるかしら」

アイリスが不安になってそう呟くと、ラースはにこりと微笑んだ。

「実はこう見えても、かなり鍛えてるんですよ」

そう言うと、ラースは地面を蹴り――宙に舞った。

「えっ⁉」

ラースはゆうに三メートル以上の高さを跳んで、ブラッディウルフに短剣を投擲《とうてき》してみせた。

三本投げた短剣は二本地面に刺さったが、一本はブラッディウルフに命中している。

「――すごい」

普段のラースからは想像できない好戦的な様子に、アイリスは開いた口が塞がらない。いったいどれほど強いのか。

ラースは軽やかにステップを踏み、素早いブラッディウルフの攻撃を次々と躱《かわ》していく。その攻防は、もはやアイリスの目では追えないほどだ。

（ここは乙女ゲームではなく少年漫画の世界だったかしら……？）

と思ってしまうほどに。

気づけばラースがブラッディウルフに勝利していた。

倒れたブラッディウルフの横にしゃがみ込んだラースを見て、アイリスも駆け寄って様子を見る。

ブラッディウルフは絶命しているようだ。

「は――。驚いたわ。ラースはすごく強かったのね」

「嗜《たしな》み程度です」

ラースはさらりと笑うが、アイリスはそんな嗜みなぞ聞いたことがない。

「……ジャンプ力もすごかったわね？」

「ああ、それはブーツを改造して魔導具にしてるんです」

「そんなことが⁉」

それは憧れてしまうかもしれないと、アイリスは食いつく。しかし仮に履いてスーパージャンプをしたとして、上手く着地できる想像はまったくできなかった。

「とにかく助かったわ。ありがとう、ラース」

「いいえ。アイリスが無事でよかったです。怪我はありませんか？」

「ええ、大丈夫だと思――っ」

特に問題ないと思ったが、指先にピリッとした痛みが走った。見ると、ほんの少しだけ切れている。

「葉か木の枝か何かに掠《かす》って切っちゃったのかもしれないわね」

「血はほとんど出てないみたいですね。すぐに手当てしましょう。回復薬があるので」

「そこまでしなくて大丈夫よ」

ラースの提案に、アイリスは首を振る。

回復薬は怪我などを瞬時に治してくれる優れものだが、値段がお高いのだ。指先をちょっと切ったくらいで使うものではない。

「でも、傷跡が残ってしまったら大変です」

「大丈夫よ。このくらい、舐《な》めておけば治るわ」

ラースの過保護っぷりに、アイリスはクスクス笑う。しかしラース的に、それはよろしくなかったようだ。

「なら、俺が舐めておきます」


「へ……？」

言うが否や、ラースはアイリスの指先をぱくりと口に含んでしまった。

「ひゃぁっ！」

突然のぬるりとした感覚に、アイリスは大混乱だ。どうにかして逃げようとしてみたが、手首はラースにがっちり押さえられていた。

「ちょ、ラース！　何してるの‼」

アイリスが必死に抵抗しようとすると、ラースが回復薬の瓶を取り出して見せた。

どうやらラースに舐められて治すか（治るわけがない）、回復薬を使って治すかの二択しか許されないようだ。

「わかった、わかったわよ！　回復薬を使うから‼」

アイリスが叫ぶように告げると、どうにか指先が解放された。ほっと安堵《あんど》の息をつくも、心臓の鼓動は速いままだ。

そんな状態のまま、ラースはアイリスに回復薬を使って満足げにしている。

「傷は綺麗に消えましたよ。よかったです」

「ありがとうと言いたいところだけど、やりすぎよラース！　私の指をな、な、舐めるなんて……！　何考えてるの‼」

アイリスは羞恥で顔が真っ赤だ。

「舐めれば治るって言ったのはアイリスですよ？」

「あれはものの例えみたいなものじゃない。誰も本気にしないわよ」

「アハハ、役得でした」

「まったく……」

ラースに言いたいことはたくさんあったが、ひとまず今は無事だったことを喜んだ。

アイリスとラースではブラッディウルフを持ち帰るのは難しかったので、目印を付けて土に埋めて街へ戻った。

後で街にいる兵士に場所を説明し、回収してもらう予定だ。同時に、ほかにブラッディウルフがいないか捜索もしてもらう。

それから、王都へも早馬を出してブラッディウルフの出現を伝えた。

アイリスたちがそれらの処理をすべて終えた頃には、深夜になっていた。


「つ、疲れた……」

アイリスがベッドへぐったり横たわると、ラースが「お疲れ様です」と紅茶を淹れてくれた。砂糖が多めで、甘いやつだ。

「ありがとう」

のそりとベッドから起き上がり、紅茶を一口飲む。

「美味しい……」

やっとブラッディウルフの件がひと段落し、身体が温まったからか睡魔が襲ってくる。それに気づいたラースが、クスリと笑う。

「そのまま寝ちゃってください」

「え？　でも……」

うつらうつらしてしまったアイリスから、ラースがティーカップを回収して、寝るように促してくる。

「今はしっかり休むのが大事ですよ。俺も部屋に戻ったらすぐ休みますから。それじゃあ、俺は戻りますね」

「ええ。……ありがとう、ラース。明日は報告書を調べて、兵士たちの捜索の結果を聞いたりしましょう」

「はい」

軽く明日のことを話し、それぞれ就寝した。

＊＊＊

ブラッディウルフのことがあったため、アイリスとラースの滞在は当初の予定よりも長くなった。

翌日以降は森にいる魔物の調査を兵士たちが行い、その報告をアイリスたちが聞いて資料にまとめるということをして過ごした。

結果として、新たにブラッディウルフは確認されなかった。

ただ、普段は大人しい魔物が若干ソワソワしている印象を受けると兵士たちが言っていたので、やはり何かしらの異変が起きつつあるのかもしれない。


そして数日もすれば、立派な報告書ができあがった。

ラースはアイリスが作った報告書を見て、「すごく見やすいです」と感動している。

「そう？」

「アイリスの報告書は、表やグラフが使われているから見やすいんです。研究者の間でも、評判がいいんですよ」

「……そうだったの」

思わぬところから褒められて、アイリスの頬がわずかに染まる。

（前世でやってた書類作成と同じようにしただけなんだけど……）

しかし純粋に褒められたことは嬉しかったので、「ありがとう」とお礼を述べた。

「あとは王都に帰るだけね。明日の朝、出発しましょうか」

「そうしましょう」

今は正午過ぎという時間なので、出発するには少し遅い時間だし、そもそも帰り支度なんて何もできていない。

（寝る前に荷物を簡単にまとめて、細かいのは明日の朝でいいかな？）

アイリスがそんなことを考えていると、ラースが「だったら」と提案をしてきた。

「今から街の観光をしませんか？　ブラッディウルフのせいで、ほとんど働き詰めでしたし。休息も必要だと思います」

「確かに！」

せっかく羊で栄えている街へ来たというのに、ジンギスカンを食べていない。宿でも食事は出たが、普通の定食が多かったのだ。

（この世界は乙女ゲームだから、食事事情が日本と似てるのよね）

日本人好みだろうと思われる味つけの料理や、ジンギスカンのように実際に存在している料理があったりするのだ。

考えただけで、アイリスはジンギスカンが食べたくて仕方がなくなってくる。しかも羊の肉はヘルシーなので、ダイエットにもいいとされている。

「よし！　いっぱい食べにいきましょう」

アイリスが気合を入れて告げると、ラースがぱちくりと目を瞬かせた。

（あ、ジンギスカンは私が食べたいだけだった……）

恥ずかしくなってアイリスが両手で顔を覆うと、ラースはぷっと噴き出して笑う。

「そうですね、いっぱい食べましょう。ここは羊肉が絶品ですから、ジンギスカンなんてどうですか？」

「採用‼」

どうやらラースの思考回路もアイリスと同じだったようだ。

アイリスは「早く行きましょう！」とラースを宿から連れ出すのだった。

＊＊＊

そして翌日、アイリスとラースは無事に生態調査を終えて帰還した。

研究所に戻り書類を提出した結果、とてもわかりやすくてよいと、グレゴリーからお褒めの言葉もいただいた。

ただ、今まで好戦的な魔物が出る場所ではなかったので……不穏な影も落とされた。

閑話　ラビラの街観光

仕事が片付いたアイリスとラースは、ラビラの街中へ観光にやってきた。

ここは羊が名物になっているので、羊の形の置物を始め、羊毛を使った手芸品なども多く作っていてお土産に人気だ。

マニアックな所だと、羊飼いなりきりセットみたいな衣装一式が売っていたりする。小さい子に人気だという。


「ご飯……の前に、みんなにお土産を買っていかないとよね」

「やっぱり食べ物が人気ですかね？」

「そうね。遠出する場合、みんな食べ物をお土産に買ってくるかな？」

仕事の合間の栄養補給として、お土産のお菓子は重宝されるのだ。日持ちがして、小分けになっているとなおよいだろう。

街中を歩きながら、アイリスは何がいいだろうかと考える。

さすがに食べ物だからといって、羊の生肉は駄目だろう。しかしこの街の名産が羊ということを考えると、ほかにちょうどいい食べ物なんてあるだろうか？

（ああ、ジンギスカン食べたい……）

思わずアイリスが欲望を垂れ流しそうになったところで、羊の形のクッキーを売っているお菓子屋さんが目に入った。

「わ、可愛い」

「羊の形やもこもこ具合を形にしたお菓子が売ってるんですね。クッキーなら日持ちもしますし、お土産にピッタリじゃないですか？」

「ええ」

アイリスは頷いて、ラースと一緒にお菓子屋さんへ入った。


店内はバターの香りが充満していて、クッキーだけでなく焼き菓子やケーキなども並んでいる。奥にはイートインスペースもあるようだ。

アイリスがショーケースのケーキを眺めていると、後ろにいたラースが楽しそうに笑う。

「これはいい匂いですね。せっかくですし、食べていきませんか？」

「そうしましょう！」

ラースの提案に、アイリスはふたつ返事で頷いた。

アイリスが選んだのは、フルーツロールケーキだ。旬の果物がふんだんに使われていて、しっとりした生地と生クリームも絶品だった。

セットでついてくる紅茶も上品な茶葉の香りがして、よりケーキの美味しさを引き立ててくれている。

「はあぁ、これは美味しいわ……！」

ぜひとも来年の生態調査もこの街に来たいと思ってしまう。

「ラースは苺《いちご》のショートケーキにしたのね」

「こっちも美味しいですよ」

ラースの好みにも合ったようで、美味しそうにケーキを食べている。

「お土産はここの焼き菓子で決まりですね」

「ええ。みんな、美味しくてびっくりするんじゃないかしら」

もし機会があれば、プライベートでも来たいくらいだ。


あっという間にアイリスのケーキがなくなると、ラースがじっと見てきた。ラースのお皿には、まだケーキが残っている。

「な、何？　食べるのが早かったのはしょうがないのよ！　ここのケーキがとっても美味しかったから！」

アイリスが熱弁すると、ラースは「それなら」と言って、自分のフォークに一口分のケーキを乗せてアイリスの口元に差し出した。

「こっちも食べてみたらどうですか？」

「んなっ⁉」


「あーん？」


そう言ってラースがさらにケーキを近づけてくるけれど、アイリスは慌てて顔を背けた。

「美味しかったですよ？」

遠慮せずにどうぞと勧めてくるラースに、アイリスは顔が赤くなるのを感じる。

確かにラースが食べている苺のショートケーキは魅力的だけれど、さすがにあーんをしてもらうわけにはいかないのだ。

「潔く追加でもうひとつ頼むから大丈夫よ！　店員さん‼」

アイリスは急いで苺のショートケーキを追加注文した。

「……残念」

ラースは何事もなかったように自分で食べ始めてしまったので、何だかアイリスばかりがドキドキしてしまったようで釈然としない。

「私は婚約者がいるんだから、もうこんなことしちゃ駄目よ！」

「はぁい」

「なんて心のこもっていない返事……！」

まるで、その相手は堂々と浮気していますが？という副音声が聞こえてくるかのようだった。

その後、お土産用の焼き菓子を買ってお菓子屋さんを後にした。

予想外に食べてしまったこともあり、アイリスとラースは腹ごなしのため街中を歩くことにした。

ここ数日は兵士との報告のやりとりや、住民への聞き取り調査などをしたため、かなりの人数と顔見知りになっていた。

すれ違うときに挨拶をしてくれるのはいいのだが、「デートかい？　ラブラブだね！」なんて言ってくる人までいるのだ。

（デートじゃないって言ってるのに!!）

しかしアイリスが反論しても、住民たちには笑って流されてしまう。どうやら照れていると思われているみたいだ。

（でもそれは、私がデートなんてしたことがないからであって……！）

そう思った瞬間、そうだデートなんて生まれて一度もしたことがないのだと冷静になった。

アイリスはクリストファーの婚約者だけれど、彼は一度もアイリスをどこかへ連れて行ってくれたことはない。

行くとしたら、出席しなければいけない夜会くらいだ。

つまりアイリスが何を言いたいのかというと――恋愛に免疫がない！ということだ。

（そうよ、私は不慣れだからドキドキしてたのよ！）

決して、ラースの顔が実は格好よいからとか、さりげない気遣いをしてくれるからとか、爽やかな香水のいい匂いがするからとか、そんな理由ではないはずだ。

（何だかちょっとだけスッキリしたかも）

ゲームのシナリオにある魔物の大反乱は恐いけれど、早く婚約破棄をされ、乙女ゲームから解放されて自由になりたいという思いが募った。

「何だか急に機嫌がよくなりましたね？」

ふいにラースに声をかけられて、ドキリとする。

「あ～～、ちょっと吹っ切れたというか、何というか。いや、元々吹っ切れてはいたんだけどね？　クリストファー様は、きっとシュゼット様と結婚するだろうから……」

「へえぇ……？　なら、美味しいお肉とお酒と一緒に聞かせてください」

「え」

そうラースに言われて、街で一番高級なお店へエスコートされてしまった。

ラースが街で一番美味しいと話題の高級店の予約をしていた。

（いつの間に予約を⁉　そうか、これがイケメンか……）

ドラマでこんな展開見た気がすると、そんなことを思い出す。

アイリスがそう思っていたのも束の間で、グラスにシャンパンが注がれた。

この国は日本が作った乙女ゲームの世界なので、飲酒できる年齢は二十歳という設定がある。

ちなみにアイリスは二十歳なのでバッチリお酒を飲めるし、前世から好きだった。

ラースの前を見ると、葡萄《ぶどう》ジュースが注がれていた。

「って、ひとりで飲んだりしないわよ」

「やっと仕事が終わって美味しいジンギスカンですよ？　俺のことは気にせず、いっちゃってください」

「でも……」

「ほら、乾杯！」

さすがにひとりで飲むのは申し訳ないと思っていたのだが、ラースがさっさと乾杯してしまったので仕方なく飲むことにした。

テーブルの上には玉ねぎやもやしなどたっぷりの野菜に、キラキラ輝いて見えるほど上質な羊肉がたくさん用意された。

これでお酒が進まない人がいるだろうか。

いや、いない！

ということで、アイリスは生態調査の疲れを癒すべく酒をあおった。

「私だって、幸せになりたいんだから‼」

大号泣するアイリスを前にして、ラースはやりすぎてしまったと盛大に反省するとともに、こんな風に酔うのかとドキドキしていた。

（アイリスは顔がすぐ赤くなっちゃうんだなぁ……）

可愛くてずっと見ていられそうだとラースは思う。

しかも予想以上に酒の回りも早かった。きっとストレスが溜まっていて、酒で憂さ晴らしもしたかったのだろう。

というのも、アイリスの愚痴の内容がクリストファーのことだけだからだ。

「私だって、好きで悪役令嬢になったわけじゃないのに！　別にいいわよ。好きな人ができること自体はいいことだと思うもの」

そう言って、アイリスは酒の入ったグラスをドン！とテーブルに置く。

「けど！　婚約者を蔑ろにするのは違うでしょう⁉　不誠実よ！　シュゼットと結婚したいっていうなら、まずは陛下に許可を取って、私の家に婚約解消の打診をするとか……いろいろとやることがあるでしょう⁉」

だというのに、人の目のある所で堂々とシュゼットを相手にして浮気放題‼　アイリスを馬鹿にするにもほどがある。

「……はあ」

しょんぼり落ち込むアイリスに、ラースは「あんな人は忘れて、今はお肉にしましょう」と言って高級ジンギスカンを追加した。

ラースが肉を取り分けると、アイリスは「美味しい」と笑顔で食べてくれる。それが可愛くて、好きなだけ食べさせたいと思う。

（よかった、生態調査アイリスと同じところにして）

しかも酔っ払ったアイリスまで見ることができてしまった。

「あ、アイリス。頬にソースがついてますよ」

「本当？　取って」

「――――ッ！」

アイリスは甘えるような仕草で、ラースに向けて頬を出してきた。

「いやいやいやいや、さすがにそれは……いい、んでしょうか……？」

普段は冷静なラースだが、アイリスにそんなことを言われては冷静ではいられない。

常日頃からアイリスを愛おしいとは思っているが、思っているだけなので積極的に来られた

ら対応に困るのだ。

そう、アイリスだけではなくラースも恋愛初心者だった。

（さっきは婚約者がいるからって、あーんを拒否したくせに）

しかしアイリスが本当にあーんをさせてくれていたら、どうにかなってしまっていたのは間違いなくラースだった。

あのときはさらりと流して見せたけれど、内心ではものすごくドキドキしていたのだ。それはもう、心臓が飛び出てしまいそうになるほどに。


「……取ってくれないの？」


甘えたようなアイリスの声が、ラースの耳を直撃した。

「――ッ、この酔っ払い！」

（可愛い‼）

ラースが恐る恐る、ゆっくりと人差し指をアイリスに近づけて……その頬に触れる。

（……うわ、柔らかい）

アイリスの頬の柔らかさに、もう片方の手で口元を押さえる。こうでもしないと、正気を保っていられないかもしれない。

指にソースがついたことなんてまったく気にならない。

（もっと、触れたい……）

ソースを拭うためだけに触れた人差し指だけではなくて、すべての指でアイリスの頬に触れたいと、堪能したいと思ってしまう。

（これじゃあ、マテができない犬みたいだ）

そう思うけれど、自分の欲を止めることは難しい。

（アイリス）

頭の中で、彼女の名前を呼ぶ。

（……アイリス）

何度でも呼びたい。

「……っ、アイリス」

そしてやっと声に出して、アイリスを見つめると――瞳をとろんとさせて、そのまま倒れて――いや、眠ってしまった。

「あ、アイリス⁉」

ラースは慌ててテーブルをはさんだ向かいのアイリスのところへ行き、抱きかかえる。この一瞬で、熟睡している。

「……酔わせちゃったのは俺ですけど、俺だって男なんですよ?」

しかもマテが下手くそなので、始末が悪い。

ラースは自分の指先についたソースを見て、ぺろりと舐めるのだった。

婚約者としての義務

貴族のアイリスには、時折どうしても参加しなければいけない夜会がある。その理由は、王太子クリストファーの婚約者だから、というものだ。

——だというのに。

シャンデリアの煌《きら》びやかな光の下にあるダンスホールでは、楽器の生演奏のリズムに合わせて男女が楽しそうに踊っている。

もちろん、クリストファーも。

（ファーストダンスを婚約者と踊らないなら、私を連れてくる意味なんてなくない？）

アイリスはクリストファーとシュゼットが楽しそうに踊る姿を見ながら、ため息を吐きたいのをぐっと我慢する。

本来、夜会での初めのダンスはパートナーと踊るものだ。

というのに、クリストファーはなぜかシュゼットと踊っている。

ほかの招待客は、クリストファーがアイリスを連れて入場したところを見ているのだから……何と思われているのか。

（まあ、私のことをよく思っていない貴族ばかりでしょうから？）

このままシュゼットがクリストファーの婚約者になればいいと思っているかもしれない。

それか、欲のある人物であれば自分の娘にもチャンスがあるかもしれないと考えるだろう。

シュゼットは子爵家の令嬢なので、子爵家が認められるのであれば、爵位が低くとも望みはある。


アイリスは侯爵家の娘だが、その属性は闇だった。

加えて少しきつめの顔立ちだったため、両親からは愛情を注がれることがなかった。いや、闇属性だったのに育ててもらえたことが、もしかしたら愛情だったのかもしれない。

そんなアイリスがクリストファーの婚約者になったのは、生まれてすぐだった。

その一番の原因は、王妃だろう。

というのも、クリストファーの母親は王妃だが実家の力が弱いため後ろ盾があまりなく、クリストファーに後ろ盾をつけたいがために力のあったファーリエ家――アイリスを婚約者にと望まれたのだ。

（自分たちで私を望んだというのに、この仕打ちはどうかと思うけど……）

しかしその婚約がなければ、きっとアイリスの運命はもっと過酷だっただろうとも思う。

闇属性なのだからと教育を受けさせず、もしかしたら下働きのように扱われていたかもしれない。

それどころか最悪は――……そう考えると、何がよかったのかわからない。

「さてと……私はやることもないし、ご馳走でも食べて帰ろうかしら」

今日は夜会があるため、仕事を早上がりしている。本当なら、いい天気だったのでルイを丸洗いしてあげたかったのだけれど……自分の立場が嫌になる。


明日も晴れたらいいなと思いながら、アイリスは軽食が並ぶエリアへとやってきた。

王城で開かれている夜会というだけあり、贅沢な食材がふんだんに使われていた。

一口サイズで作られた料理は、高級牛のステーキや、シュリンプカクテル、サーモンとほうれん草の包み焼き、フルーツサラダなど、様々なものがある。

(どれも美味しそう〜!)

どうせ自分とダンスを踊る男性なんていないので、こっちはこっちで楽しむことにする。ちなみにダンスホールに目をやると、クリストファーはまだシュゼットと踊っていた。

永遠に踊っていればいい。

アイリスは食べたい料理をお皿に盛ると、会場の奥に用意されている椅子に座りのんびり食事を始めた。

ステーキは口に入れた途端にとろけてしまうほど柔らかく、素材のうま味がよく出ている。

サーモンとほうれん草の包み焼きはパイの部分がサクッとしていて、噛《か》んだときの触感がたまらない。

「はあぁぁ、幸せ」

夜会自体は好きではないけれど、料理が美味しいことは嬉しい。

アイリスが食べていると、お皿の上にすっと影がかかった。

「……？」

見ると、令嬢がふたり、アイリスの前に立っていた。

「ごきげんよう、アイリス様」

「ごきげんよう」

アイリスは持っていたお皿を置いて、椅子から立ち上がる。この令嬢には見覚えがある――

というか、知っている。

（ゲームだと、ヒロインの友達ポジションのふたりだ）

縦ロールの女の子がウェンディで、ボブの女の子がカトリーナ。つまるところ、シュゼットの取り巻きだ。

ゲームではニコニコ笑顔で仲良くしてくれていたふたりだが、今はどこかきつい表情をしている。

（まあ、私は悪役令嬢だからね）

それも仕方ないと苦笑する。

「何か御用かしら？」

いたって平静を装って告げると、令嬢は「まあ」と驚いた表情をして見せた。暗に、アイリスの察しが悪いと告げているのだろう。

「いったいいつになったら、クリストファー殿下のパートナーから下りるのかしら」

「アイリス様も、入場だけご一緒されても中でひとりなのはつまらないでしょう？」

だったら最初から夜会に来なければいいのでは？と、ふたりに言われる。

（来なくていいなら仕事していたいんだけど……）

アイリスは内心でそう思いながらも、にこりと微笑む。

「そうは言われましても、わたくしはクリストファー様の婚約者ですから。パートナーとして夜会に参加するのは義務ですわ」

「……っ！」

さすがにそれは彼女たちもわかっているからか、何も言い返せずに唇を噛んだ。

（というか、彼女たちは嫌みを言えば私が泣いて帰ると思ったのかしら？）

そんな気弱な令嬢だったら、ひとりで図々しく食事しているわけがないと思うのだが……彼女たちはそうは思わなかったみたいだ。

(それに、私の顔って結構きつめだから……話しかけるのにも勇気がいったんじゃない？)

初対面の人はアイリスの顔がきつめだからか緊張していることが多い。もちろん、ラースのように緊張のきの字も見せない強者もいるけれど……。

しかし、果敢にもウェンディは言葉を続けた。

「シュゼット様は聖属性です！　聖属性の乙女こそ、王族との婚姻は義務ではなくて!?」

「それを判断するのは私ではなく陛下です」

「……っ！」

こちらに言われても、アイリスにはどうしようもない。クリストファーとの婚約を決めたのは侯爵である父親と国王陛下だ。

(だからといって、クリストファー様や陛下に直接言うこともできないのでしょうね)

本来ならば侯爵令嬢のアイリスに対してだって、このような言い方はできない。このふたりの方が身分は下なのだから。

けれどそれをさせているのは、アイリスが闇属性であるからだろう。

自分たちよりも下の存在だと——そう思っているのだ。

「ウェンディ様、カトリーナ様、こんなところにいたんですね」

話が平行線になりそうだというときに、鈴の鳴るような可愛い声が聞こえてきた。彼女たちの親玉、シュゼットだ。

シュゼットの後ろにはクリストファーもいて、面倒臭そうな顔でこちらを見ている。

（うわぁ……退散したい……）

そう思いつつも、アイリスは「ごきげんよう」と微笑んだ。

「ごきげんよう、アイリス様。すみません、クリス様と踊るのが楽しくて……ご挨拶が遅れてしまいました」

「いえ」

シュゼットはクリストファーの腕に触れて、とても楽しそうにしている。クリストファーも、シュゼットに甘えられて大層嬉しそうだ。

（……はあ）

ため息は心の中だけに留めて、アイリスは何か起こる前に立ち去りたいと考える。

会場内にはほかの攻略対象キャラクターもいるので、もし集まってきたら面倒なことこの上ないだろう。

「私は失礼させ――」

「わたくし、どうしても心配なことがあるんです！」

（はい⁉）

アイリスが暇《いとま》の挨拶をし終えるよりも先に、シュゼットが言葉をかぶせてきた。自分より身分が上の、アイリスに、だ。

（……って、誰かさんもクリストファー様にやってたわね）

ラースのことを思い出しつつも、シュゼットがクリストファーと結ばれることを目指すのであれば、せめて淑女教育くらい真剣に受けてみせろとアイリスは思う。

シュゼットの声が大きかったせいで、周囲にいた人たちも何事かとこちらの様子をうかがっている。注目の的だ。

クリストファーはシュゼットが何を話すのかは特に聞いていないようで、首を傾げつつ彼女に視線を向けている。

「魔獣舎は、とても危険ではないでしょうか。人間よりも大きな魔物がいると聞きました。今のうちに駆除した方がいいと思うのです」

「な……っ！」

何てことを言うのだと、アイリスは目を見開いて驚いた。

「ああ、やはりシュゼットもそう思うか。俺も以前からあの施設は危険だと思っていたんだ」

「はい。クリス様の話を聞いてから、ずっと心配だったのです。危険だということに、わたくしも同意しますわ」

「ええ」

最初にクリストファーが賛同し、ウェンディとカトリーナも頷いた。

(冗談じゃないわ！)

「魔獣舎の子たちは、何の危険もありません！　きちんと躾けられているので、人間を襲うことはありません」

それどころか騎士たちの魔物討伐遠征に同行して活躍したことだってある。そのことは、クリストファーだって報告を受けているはずだ。

しかしアイリスの言葉を聞いたクリストファーは、これみよがしにため息を吐いた。

「王城内にいること自体が危険だろう？　……今まではアイリスが勤めてもいたから黙認していたが、そろそろきちんと議題として取り上げた方がいいだろうな」

「何を……」

いったい何を言っているのだ、この王太子は。

王立魔獣研究所の研究者は、この国の平和を願っている。

瘴気をどうにかしようと、日夜研究している。

中には、家族を魔物に殺された人だっている。

瘴気に長時間あたって体調を崩した人もいる。

そんな彼らの頑張りを、現場も知らないクリストファーが否定することは、アイリスには許せなかった。

怒りが込み上げたアイリスは、思わず手を振り上げたのだが――後ろから指先を絡めとられた。誰かの手によって。

「歓談中だというのに、すみません」

そして聞こえてきたのは、よく耳に馴染む声。

「え……ら、ラース？」

アイリスのことを止めたのはラースだった。

研究所の制服姿の彼はひどく目立っているけれど、本人はそんなことはまったく気にしていないらしい。

しかしそんなラースを見て、声を荒らげたのはクリストファーだ。

「またお前か……！」

「すみません、緊急の要件ゆえにアイリスは連れていきます。行きましょう、アイリス」

「え？　ええ……」

ラースはクリストファーの言葉を軽く流し、アイリスの手を引いて歩き出してしまった。

後ろでは「何を勝手に！」とクリストファーが怒鳴っているけれど、アイリスは聞かなかったことにしてラースについて行った。

手を引かれたまま無言で歩き、アイリスがどこへ行くのだろうと考え始めた頃、目的地に到着した。

王宮魔獣研究所だ。

「ラース？　何かあったの？」

「話は中でしましょう」

「……わかったわ」

アイリスとラースが中に入ると、グレゴリーを始め研究員が揃っていた。普段、外に出て活動することが多い研究員も、全員だ。

（今まで全員が揃うことなんてあったかしら……）

普段とは違う状況を見て、アイリスは小さく息を呑《の》んだ。

アイリスとラースが揃ったことで、グレゴリーがすっと手を上げて注目を促した。この事態に対する説明があるのだろう。

が――アイリスにはある程度の予想はついていた。

「ここ最近、魔物の出現が増えたことは皆も知っておろう。それが今になり、一気に膨れ上がった」

（魔物の大反乱だ！）

ゲームの最終章が始まった。

そのことに緊張して、アイリスの心臓の鼓動が速くなる。

こちらが勝利するという結末は知っているけれど、やはり魔物の大群は恐ろしい。被害だって、ゼロではない。

「この連絡は、もうすぐ陛下の耳に入る。そうすれば、儂らにも何らかの命令が下されるじゃろう」

「ルイたちを戦わせろ……ってことですね」

リッキーが要請内容を想定すると、グレゴリーは静かに頷いた。

（もうすぐ陛下の耳に入るっていうことは、あのときクリストファー様はまだ魔物の出現情報は手に入れてなかったのね）

王太子のくせに迅速な情報収集もできないのかと思いたいけれど、所詮これは乙女ゲームなのだから仕方がないと思うことにした。

確かに魔物と人間の戦争のようなものではあるけれど、ヒロインの見せ場でもあるのだから。

「とりあえず、できることをしよう」

「来たデータをまとめて、魔物の弱点をすぐ前線に送ろう」

「ああ！　それから――」

みんなが動き出したので、アイリスも急いで準備をすることにした。といっても、アイリスが最初にすべきことは盛装ドレスから制服に着替えることだ。

「ラース、私は寮に戻って着替えてくるから」

「え？　ひとりで大丈夫ですか？　リッキーか誰かに手伝いを頼んだ方がいいですよ」

「大丈夫よ。この緊急事態に、脱いだドレスの状態なんて構ってられないわ」

ぐちゃぐちゃになったとしても、後日綺麗にアイロンをかければ何とかなるだろう。たぶん。

しかしアイリスが研究所を出るより先に、バアン！と研究所のドアが大きく開いた。その音に、みんなの手が止まって室内がシン……と静まりかえる。

「アイリス・ファーリエ！　魔獣を引きつれ討伐前線部隊に加わるよう命が下っている！」

「――っ⁉」

入ってきた人物の言葉に、室内がざわめいた。

今までも何度か討伐遠征に研究所から人が派遣されたことはあるが、複数人だったし、女性を名指しするということはなかった。

すぐにグレゴリーが前に立ち、やってきた男——ランスロットを見る。

百八十センチメートルを超える大柄な男、ランスロット・デインズ。二十歳。燃えるような赤い髪に、茶の瞳。筋肉質な肉体だということは、騎士服の上からでもすぐにわかる。

伯爵家の嫡男で、ゲームではヒロインの護衛騎士を役割としていた。猪突猛進《ちょとつもうしん》で真っ直ぐな意志を持つ——攻略対象キャラクターだ。


「状況は儂らの耳にも入っています。もちろん、遠征に協力いたします。ですが、なぜそれがアイリスひとりなのでしょう？　今まで、そのような命はございませんでした。選出する人員は、こちらで決めさせていただきたく存じます」

危険が伴うということはもちろんだが、研究員にもそれぞれの役目がある。そのため、何かあった際の指揮を取るのは所長であるグレゴリーだ。

しかしグレゴリーが説明するも、ランスロットは首を横に振る。

「駄目だ。これはシュゼット様からの命令で、絶対である」

ランスロットの言葉で、室内の全員が息を呑んだ。

シュゼットがクリストファーの恋人であること以上に、彼女が神託の乙女であることは周知されている。

そのため、魔物の遠征討伐や瘴気などの件は彼女の発言力がとても強い。騎士団の団長以上と言ってもいいだろう。

（もしかして、私を魔物の大群の前に出して殺してしまおうっていう作戦なんじゃ……？　いや……まさかね……）

笑えない推測だけれど、可能性がゼロではない。

グレゴリーは「ふむ」と一息ついて、アイリスを庇《かば》うようにもう一歩前へ出た。

「……理由をお伺いしても？」

「いいだろう」

すると、ランスロットはとんでもないことを口にした。

「アイリス・ファーリエは闇属性だな？　それならば、瘴気は問題ないだろう。魔物とも同じ属性なのだから、上手くやれるはずだ」

「――……」

あまりにも酷い理由に、言葉を失った。

瘴気は魔物が出すヨクナイモノで、聖属性であるヒロインが浄化に特化した能力を持っている。しかし、光属性でも多少の浄化は可能だ。

そして一番重要なことは、瘴気はイコール闇属性ではないということだ。

その研究結果はとっくの昔に王宮魔獣研究所から出しているのに、どういうつもりなのだろうか。

「アイリスが行く必要はありません。俺は反対です」

ラウルが自分の背にアイリスを庇ってくれる。

(とはいえ、誰かが行かなきゃいけないのよね)

アイリスはここで、逆の発想で考えた。

将来は断罪され追放されるという運命が待っている。つまりそれは――前線に行っても死なないということだ。

しかし研究所に勤めているほかの研究者の生死なんてゲームには書かれていなかった。

もしかしたら助かるかもしれないけれど、命を落としてしまう危険性も十分にあるのだ。

アイリスは小さく深呼吸をしてから、前へ出た。


「私がルイたちを引きつれ、遠征部隊へ参加します」

閑話　ゲームのシナリオ

ついにゲームのシナリオも佳境になった。

シュゼットは王城に用意された自室の窓から、街の景色を見下ろして愉悦で微笑む。

「ここまで来るのは、すごく大変だったわ。だけど、もうすぐわたくしはこの国の王妃」

その前に最終シナリオの魔物の大反乱があるが、失敗というルートがないので何も心配することはない。

「……でも、問題は悪役令嬢のアイリスよ！」

現実のアイリスは、ゲームのときと違った生き方をしていた。なぜか王宮魔獣研究所で働いていて、職員からは人望もあるらしい。

せっかくシュゼットがクリストファーと結ばれハッピーエンドになるところなのに、悪役令嬢らしからぬアイリスのせいでシナリオが狂ったらどうするというのか。

（このままだと、クリス様とアイリスの婚約破棄をする理由が弱いかもしれない）

ゲームの強制力を疑っているわけではないが、万が一ということがあってはいけないのだ。

（わたくしができる限りのことはしたけど……懸念がないわけじゃない）

シュゼットはランスロットに命じ、アイリスを前線へ送った。もし死んでくれたらラッキーだが、その望みは薄いだろう。

「それから、気になるのはアイリスの同僚のラースという青年……」

ラースという名前のキャラクターはいなかった。

「いなかったけど——発売予定だった追加エピソードの隠しキャラと容姿が似てる」

発表されていた情報は少なかったけれど、黒髪のイケメンだったことはシュゼットも覚えている。しかし、まったく同じかと言われたらそうではない。

「前にクリス様とラースを見に行ってみたけど、キャラ絵とはちょっと違ったし……。それに、瞳の色も金じゃなくて紫っぽかったし」

ただ雰囲気が似ていると、そう思っただけだ。

シュゼットは大きくため息を吐いて、「考えてもわからないか」と頬を膨らます。

「でも、ゲームが無事にハッピーエンドを迎えるために、できることはやっておかなきゃ」

幸せになるために頑張るぞ!と、シュゼットは意気込むのだった。

＊＊＊

魔物の大反乱を食い止めるため、シュゼットは装備を身に着ける。

ゲームのパッケージに描かれていた神託の乙女の戦闘服は、純白のローブだ。どんな瘴気にも染められないという思いが込められている。

「可愛いなぁ」

魔物と戦うにはヒラヒラしすぎでは？と思うのだが、ゲームの装備なんてだいたいそんなものだとシュゼットは思っている。

シュゼットがしばらく鏡で自分の姿を眺めていると、準備を終えたクリストファーと、ほかの攻略対象キャラクターのリカルド、ランスロット、オリヴァールがやってきた。

「シュゼット、とても似合っているな！」

「ありがとうございます！　クリス様たちも、とっても格好よいです！」

全員がパッケージで描かれていた衣装に身を包んでいる。その姿を見ると、つい先ほどまでの弱気だった気持ちはどこかに行ってしまった。

「絶対に勝って、ハッピーエンドにしましょうね」

シュゼットはそう微笑んで、クリストファーたちと前線へ向かった。

魔物の大反乱

――現実で前線に立つのは、初めてだ。

アイリスは不安になりそうな心を押しつぶしながら、魔物の大反乱の前線部隊へ行くための準備を進める。

回復薬を始め、着替えや魔物図鑑も鞄に詰めた。

（ルイたちの好物はたくさん持っていってあげよう）

出発は、早朝。

睡眠時間を確保するには、ちんたら準備している余裕はない。アイリスは急いで支度を整え、ルイたちに明日の出発を告げ、ベッドへ入った。

だというのに。

「いい天気ですねぇ」

一角獣のアーサーに騎乗するアイリスのすぐ背後から、能天気なラースの声がする。

アイリスとしては、昨日ひとりで戦場に行く決意をしたというのに……何というか気が抜けてしまう。

「どうしてラースが前線に行くことになってるのよ」

朝起きて、アイリスがグレゴリーを始め研究所のみんなに出立の挨拶をしに行くと、なぜか準備万端のラースがいたのだ。

グレゴリーがアイリスひとりだと大変だろうからと、ラースも前線へ行くようにと言ったらしい。

「俺、所長とは茶飲み友達なんですよ。だからお願いしたんです。アイリスをひとりであんな危険な場所には行かせられない……って」

「何よそれ……」

研究所のトップと平が茶飲み友達って、それ何て漫画？と思ったが、ここは乙女ゲームの世界だった。

その結果、ラースも前線行きをつかみ取ったというわけだ。でなければ、ずっと私が行くことに反対の声を上げ続けただろう。

（ラースは私と違って生きて帰れる保証はないのに……）

アイリスはぐっと拳を握りしめる。

自分を心配だからと言ってついて来てくれたラースを、乙女ゲームのシナリオで殺されるようなことがあってはいけない。

アイリスはラースへ振り向いて、キッと睨む。

「私が絶対に守るからね‼」

気合の入ったアイリスの言葉に、ラースは目を大きく見開いた。そして片手で口元を押さえて、「はー……」と息を吐いた。

「……それ、どっちかって言うと俺の台詞なんですけど？」

そう言ったラースは、とても耳が赤かった。


道中は、特に何も起きず順調に進んだ。

アイリスとラースはアーサーにふたり乗りをし、アイリスの荷物はネネが、ラースの荷物はルイが首元にくくりつけて持ってくれている。

そのためアイリスの移動はかなり快適だった。

周囲には戦いに行くほかの騎士や兵士、そして冒険者たちがいる。隊列を組んで進んでいて、食事の準備などは本体がしてくれるのでアイリスもそこで一緒に食べている。

そして本体から少し遅れてこちらに向かっているのが、シュゼットと攻略対象キャラクターの乙女ゲームチームだ。

聖属性を持ち、浄化する力を持つシュゼット。

そして、攻略対象キャラクターの四人だ。

正統派イケメンの王太子、クリストファー。

無表情系男子の神官、リカルド。

猪突猛進な騎士、ランスロット。

腹黒宰相補佐、オリヴァール。


前世——ゲームをプレイしていたときは、みんな大好きなキャラクターだったし、転生後に初めてその姿を見たときは正直ドキドキした。

けれど今は、いっさいそんな感情はない。

昨日、アイリスに命令を伝えに来たランスロットを見ればわかるように、皆、悪役令嬢に対してはひどく辛辣なのだ。


シュゼットたちは騎士たちが魔物と戦い数を減らしたところにやってきて、魔物を倒し、瘴気を浄化する。

（今よくよく考えてみると、最後に美味しいところ持っていくよね……）

ゲームをプレイしているときは何も思わなかったが、現実で、しかもやられる方になると気になってしまう。

（まあ、だからといって私にできることはほとんどないんだけど）

どうにかしてルイたちと魔物を倒し、無事に王宮魔獣研究所に帰ることだけを考えていればいい。

『お、魔物の気配が強くなってきたぞ』

「――！」

前を走るルイの声を聞き、アイリスに緊張が走る。

周囲の騎士たちは特に何も感じていないようで、変わりはない。きっとルイだからこそ、魔物の気配を感知できるのだろう。

「アーサー、ルイの隣にお願い」

『ヒヒンッ』

ルイの声を聞けるのは、アイリスとラースだけだ。並走し、こっそり言葉を交わす。

「ルイ、魔物との距離ってどれくらいかわかる？」

『たぶん五キロくらいじゃないか？』

「五キロ……」

となると、魔物たちとぶつかるのは時間の問題だろう。それに、魔物たちもこちらに向かってきているはずだ。

「ラース。ここら辺で馬を下りて、いったん準備した方がいいよね？」

「その方がいいと思います。騎士たちに声をかけて、ここを拠点にしましょう」

アイリスの提案にラースも頷いてくれたので、アイリスは周囲を見回して声を張りあげる。

「皆さん！　魔物の群れまであと五キロメートルほどです。ここで一度、拠点を作りましょう！」

「…………」

しかし馬で駆けているからなのか、誰もアイリスの声に反応しない。いや、あえて無視をしているのだろう。こちらをチラッと見て再び前を向く騎士などもいた。

「な……っ！　ここは前線なのに、騎士がそんな態度なの⁉」

とてもではないが、ルイたちと連携して一緒に戦うなんて無理だろう。

アイリスが悔しくて唇を噛みしめると、「いけませんね」とラースがいい笑顔を見せた。

そして身体を起こし、アーサーに乗ったまま立ち上がって——パァン！と、まるで銃声のような大きな音を魔導具で発した。

「前方五キロメートル地点に魔物の群れを発見。死にたくない者は馬を下りて準備を行え！」

威厳のある凛としたラースの声に、アイリスは耳を奪われた。

（ラースって、こんな堂々としたことができるのね……）

思わずドキリとしてしまった。

アイリスは大きく深呼吸し、気合を入れる。

これから始まるのは、魔物との戦いだ。乙女ゲームで行う戦闘とは違う、命のやり取りがある……本当の戦いなのだ。

「ラース、私たちも準備しましょう」

「ええ」

ほかの騎士たちがラースの言葉を聞いて止まったので、アイリスもアーサーから下りてルイとネネから荷物を預かる。

ここら一帯は草原になっていて見晴らしがよく、対魔物の拠点とするにはちょうどいい立地だろう。

簡易テントに荷物を入れて回復薬を持ったら、あっという間に準備が終わってしまった。

すぐに、肉眼でも砂埃《すなぼこり》が確認できるようになった。

騎士たちの「魔物の数は千を超えています！」だとか、「シュゼット様たちはまだか!?」というような声が拠点に響く。

否応なしに、ピリリとした戦いの空気が充満していく。

（うわ、どうしよう……予想以上に緊張する）

頭では大丈夫だと思っているのに、身体は正直だ。経験したことのない恐怖で、カタカタと小刻みに震えている。

「大丈夫ですよ、アイリス。ホットミルクでも飲んで落ち着いてください」

「え……」

突然ホットミルクを持ってきたラースに、アイリスは目をぱちくりさせる。

だってまさか、こんな緊迫した空気でホットミルクを作ってくれるなんて思ってもみなかったからだ。しかもどうやら魔導具を使って作ってくれたようだ。

（ホットミルクを作る魔導具……？　いや、お鍋的なものなのかな？）

考えてもよくわからないので、アイリスは素直に「ありがとう」とホットミルクを受け取った。混ぜてある蜂蜜の甘さに、ホッと身体の力が抜ける。

「……というか、ラースは緊張しないの？　すぐ先に、魔物の大群がいるんだよ？」

「うーん……。でも、ルイの方が強いですし、大丈夫ですよ」

「え？」

ラースに告げられた言葉に驚いて、アイリスはルイを見る。そんな馬鹿な、と。だって相手は魔物千匹なのだ。

しかしラースは、とても簡単に言ってくれる。

「そういえばアイリスは、ルイの強さを知りませんでしたね」

「……そうね」

お世話をして仲良くなっている自覚はあるけれど、一緒に戦いに出たのはもちろんのこと、戦っているところすら見たことがない。

（いや、強そうだとはずっと思っていたけど……）

そこまで強かったのか、と。

「何なら、主役が登場する前に俺たちが倒して英雄になるっていうのはどうですか？」

「えっ？」

それはとてもいい！と、思わず思ってしまった。

しかしすぐに、アイリスは首を振って「そんな無茶は駄目よ！」とラースを窘《たしな》める。どうせゲームの強制力が働いてしまうのだから。

しばらくして準備が整うと、戦闘開始の合図がされた。

まずは魔法と弓部隊が遠距離攻撃を行い、それから逃れてきた魔物たちを前衛部隊が盾で押さえて戦う……という戦法だ。

人間同士の戦争と違って、知略戦が必要ないのがせめてもというところだろうか。

アイリスとラースは、ルイ、ネネ、アーサーに指示を出す係だ。

しかし一定の近さにいなければ状況がわからないので、アイリスが立つのは魔物たちを一望できる場所にいなければならない。

(どうすればいいかしら)

『オレの背中に乗っていればいいんじゃないか？』

アイリスが悩んでいたところに、ルイから提案されてひゅっと息を呑む。まったく、全然、考えてもみなかった。

「いやいやいやいや、何言ってるの⁉　落ちるわよ‼」

『別に落としたりしないぞ？』

ルイはあっけらかんと言っているが、自慢ではないがアイリスは運動が得意ではない。得意げに言うことではないが。

「そうですよ、ルイ。アイリスを落としたらどうするんですか。アイリスが乗るなら、きちんと鞍《くら》を付けているアーサー一択ですよ」

「そういう問題じゃないわよね……？」

代替案を告げるラースに、アイリスは思わず突っ込んでしまった。

「とはいえ、実際問題……ルイたちの近くにいるのが一番安全でもあるんですよね。ここだって、いつ魔物が突破してきてもおかしくないわけですから」

「そ、それもそうよね……」

ラースもルイも、アイリスのことを心配して提案してくれていたようだ。

「大丈夫です。アイリスのことは、俺が絶対に守りますから。何も心配しないで、どっしり構えていてください」

「ラース……」

ここに来るときはラースを守るんだと意気込んでいたのに、逆に自分が守られる立場になってしまっている。

ラースも男なのだなと、そう思って……不覚にも少しドキドキしてしまった。

「ああ、そうだ。俺がルイに乗って、アイリスがアーサーに乗るっていうのはどうですか？ふたり乗りよりはアーサーも動きやすいでしょうし」

『ヒヒンッ』

アーサーが問題ないとばかりに頷いた。

（これは……腹をくくるしかなさそうね）

アイリスは落ち着くために一度ルイのもふもふを堪能して、ネネのもふもふも堪能していっぱい吸って、アーサーの首に腕を回して抱きつく。

「きっと足手まといでしかないけど、よろしくお願いするわ。アーサー」

『ブルルッ！』

気合の入ったアーサーの声を聞いて、アイリスは笑う。とても頼もしくて、その様子を見るだけで勝てそうだと思ってしまった。

ラースもルイにまたがったのを見て、アイリスたちは魔物の群れへ向かって駆けた。


アイリスを乗せていることもあってか、アーサーの攻撃は品があった。極力振動が伝わらないようにしているらしく、攻撃する際にあまり動かないのだ。

アーサーの気遣いにアイリスは感謝する。

(でも、あっちはすごいわね……)

チラリと視線を向けた先は、ラースとルイだ。

ルイは容赦ないようで、ラースを乗せていることを忘れているのでは?と思いたくなるほど、自由に動き回っている。

(振り落とされなきゃいいけど……)

アイリスはそう思いつつも、目の前に迫りくる魔物に意識を集中していく。

ゲームをプレイしていたこともあって、アイリスが知っている魔物がほとんどだ。

ラースと生態調査に行った森で出会ったブラッディウルフを始め、アーサーと同じ一角獣。

それから熊や鳥の魔物もいれば、あまり口に出したくないが昆虫系の魔物もいる。

脚がいっぱい生えたやつを見たときは、さすがのアイリスも一瞬目を背けてしまった。

（でも、そこまで劣勢ではなさそうね）

剣で戦っている騎士たちを見るとハラハラしてしまうけれど、魔物に後れを取っていることもなさそうだ。

そして怪我を負ったら一度下がり、回復することも忘れていない。こちらの人数が多く、交代要員がいることも大きいだろう。

しかし一番の理由は、ルイが圧倒的に強いということだろうか。

（大型の魔物は、ルイが真っ先に倒しにいってくれてるのね）

ラースが言った通り、ルイの強さはほかの魔物たちと桁が違った。本当に、シュゼットたちが来る前にこの魔物の大群を倒してしまうのでは……？と、希望を抱いてしまうほどに。

（緊張してやばかったけど、思ってたより何とかなってよかった）

アイリスはアーサーの首元を撫《な》でて、「疲れたらすぐに言うのよ」と声をかける。

騎士たちは魔物だから戦えと言うだろうが、アイリスにとってルイたちは仲間だ。尊厳を傷つけるようなことはしたくない。

少し後方を見ると、倒し損ねて後ろに流れた魔物をネネが鋭い爪で切り裂いている。さらに魔法も使い、上空の魔物を打ち落としている。

（ネネもすごい……！）

これは自分も頑張らねばならないなと思った瞬間、周囲の空気が一気に重くなった。

アイリスはその原因を思い当たり、ぽつりと呟く。

「……ボス――ひとつ目トロールだ」

抵抗することなどできないと言わんばかりに、身体が小刻みに揺れる。きっと、本能で相手の強さを感じ取っているのだろう。

ひとつ目トロールは三メートルもある巨体で、顔に大きなひとつの目と、鼻と口がある。肌の色はくすんだ緑色で、身体の構造は人間とほとんど同じに見える。

ボロボロになった布を腰に巻いていて、手には刃がついた大きなこん棒を持っている。あれで殴られたら、ひとたまりもないだろう。

周囲の騎士たちの中にも、何人か震えている人がいる。

(ルイが簡単に魔物を倒してたからいけるかと思ってたけど、やっぱりボスだけあってすごいプレッシャー。戦いのことを知らない私でも、空気が違うことがわかるもの)

アーサーに乗っていなければ、逃げ出していたかもしれない。

いや、腰が抜けて座り込んでしまっただろう。

「あいつがこの魔物たちの中心だ‼」

指揮官が声を荒らげると、騎士たちが剣を構えてひとつ目トロールへ突撃していく。しかし今まで相手にしていたよりも、格段に強い。

騎士たちは簡単に投げ飛ばされて、あっという間にやられてしまう。

（これ……やばいんじゃない？）

アイリスは背中に嫌な汗が流れるのを感じて、アーサーに「一度下がろう」と声をかける。

これは闇雲に戦いに行っていい相手ではない。

『ヒヒンッ』

アーサーもアイリスの指示に従い、後退しようとしたとき――それは起こった。

『グルオオオォォォ‼』

ひとつ目トロールが空に向かって吠《ほ》えた。

そして顔にあるたったひとつの目が、間違いなくアイリスのことを捉えたのだ。

「――ッ⁉」

向けられた殺意ある視線に、アイリスは一瞬呼吸ができなくなるかと思った。

すぐにアーサーが地面を蹴り上げたが、それより早くひとつ目トロールが手に持っているこん棒を思い切り投げてきた。

「んな……っ⁉」

あんなのが直撃したら、死ぬどころではない。ここら一帯に大きなくぼみができてしまいそうなほどのパワーだ。

アーサーがどうにかして逃げようとするも、こん棒が迫りくるスピードの方が速い。

そのときふいに、ラースと一緒に街の観光をしたり、魔獣舎の掃除をしたり、お茶を淹れてもらったことを思い出した。

(走馬灯って本当にあったんだ)

そんなことをぼんやり思ってしまった瞬間、いつもの声が響いた。


「――アイリス‼」


ガキンと鋭い音がして、こん棒が宙に舞った。

そして同時に庇われながらアーサーから落馬した。しかしラースの腕にがっちり抱きしめられていて、アイリスには傷ひとつない。

アイリスに向かって投げられたこん棒を見たラースとルイが、瞬間的に助けるために動いてくれたようだ。

ラースは剣でこん棒を受け止めるように弾き飛ばし、アイリスを助けた。ルイはそれを確認してすぐ、ひとつ目トロールへと向かっていく。

しかしさすがにボスというだけあって、ルイも苦戦しているようだ。

「よかった、アイリス。怪我は？」

「私は大丈夫。ラースが助けてくれたから——って、ラース？」

アイリスはラースの背に回した腕に、どろりとした温かいものを感じた。見ると、大量の血が手についていた。

「う……っ」

「——っ！　これ、もしかして今のこん棒でやられたの⁉」

こん棒には刃もついていたため、殴るだけではなく斬るということもできるようになっていた。

ラースの近くに落ちている剣が折れていたので、攻撃のすべてを相殺することはできなかったのだろう。

「回復薬を……！」

アイリスは腰につけたポーチから回復薬を取り出し、傷口にかける。するとみるみるうちに傷が塞がっていった。

「は……よかった……」

ラースが死んでしまうかと思った。

「大丈夫？　ラース？　ラース……！」

しかしラースは苦しそうに目を閉じていて、回復したとは言い難い。どうやら気絶してしまったようだ。

『ヒヒン……』

アーサーが心配そうにしつつも、自分の背に乗せるようにとしゃがんでくれた。

ここは戦いが行われている中心部だ。

意識を失っているラースをいつまでもいさせるわけにはいかない。アイリスは頷き、自分の肩でラースを抱えるようにしてアーサーに乗せた。

ルイとネネはまだ戦ってくれているが、アイリスはラースを連れて拠点となっている場所に戻ってきた。

拠点はひとつ目トロールが現れたことにより、混乱しているようだった。

怪我人もひっきりなしに運び込まれてきていて、回復魔法が追いついていない。ラースを寝かせられそうな場所もなさそうだ。

（どうしよう……）

とはいえ、ラースをこのままにはしておけない。アイリスは近くで休んでいる騎士に話しかけて、回復薬のことを聞いてみた。

「ああ……怪我に回復薬を使ったのか。あれは傷を塞いである程度修復はしてくれるが、失った血までは戻せないんだ。しばらく安静にしていた方がいい」

「そうなんですね。ありがとうございます」

回復薬を使ったのなら、怪我自体は自然治癒に任せて問題ないそうだ。ただ血が足りないので、起きたらしっかり栄養を摂るようにした方がいいと教えてくれた。

酷い場合は何かしらの処置が必要になる場合もあるが、ラースを見て「そこまでは必要なさそうだから安心しろ」と言ってくれた。

「よかった……」

しかしここではラースを十分に休ませられない。どうすれば……と思っていたら、数台のホロ馬車が到着しているのが見えた。

複数の兵士や冒険者が乗っているので、増援だろう。その人たちが降りると、重症の人たちが乗り込んでいく。

(そうか、戦力になれないから戻るんだ)

それならば、ラースも……と思ったけれど、ホロ馬車はすぐいっぱいになってしまった。

すると、アーサーが『ヒヒッ』とアイリスにも背中に乗るように促してくる。どうやら、アーサーが乗せて王城へ戻るつもりらしい。

(だけど、私が戻ったらルイとネネの面倒を見る人がいなくなっちゃう)

そうなった場合、王宮魔獣研究所の責任問題になってしまう。

(でも、ラースをこのままにしておけない)

どうすべきか……というところで、後ろから自分を呼ぶ声が聞こえてきた。

「アイリス、ラース！」

「え？　って、所長？」

そこにいたのは、所長のグレゴリーだった。

「なんでこんなところにいるんですか⁉　危ないじゃないですか‼」

老体に鞭《むち》打って戦場にくるなんて‼と、アイリスは顔を青くする。しかしグレゴリーは生きしている。

「魔物の大反乱なんて、そう起こることじゃない。もしかしたら、儂が見たことのない魔物がいるかもしれないじゃろう？」

どうやら研究者の血が騒いで来てしまったようだ。

(ああもう、所長は……)

若干あきれつつも、アイリスは素直に助かったと思うことにした。

「それより、ラースは……」

グレゴリーはアーサーの背でぐったりしているラースを心配そうに見つめている。近づいてから、「呼吸は正常のようじゃの」と言った。

「私を庇って怪我を……。回復薬で傷自体は塞いだんですけど、失血が多かったみたいで」

「なら、しばらくは安静が必要じゃろう。アーサーが連れ帰ろうとしてくれていたのか？」

アイリスは頷いて、戦いであったことと、今からどうすべきか考えていたことを説明した。

すると、グレゴリーはすぐに「戻りなさい」と言ってくれた。

「ルイとネネは儂が見ているから、問題ない」

「所長……！　ありがとうございます。アーサーと一緒に、先に城へ戻ります」

「ああ。アイリスもすぐの報告はいいから、ラースのことをしっかり見ていてやってくれ。こっちでの報告は儂がしておくから、気にしなくていい」

「はい！」

アイリスはグレゴリーの言葉に甘えて、アーサーと共に王都へ帰還した。

閑話　可愛い音

アイリスはラースとふたり、アーサーの背に乗って王都へ急いだ。

（一秒でも早く帰って、ラースを安静にさせないと！）

「ごめんね、アーサー。大変だと思うけど、王都まで頑張って」

『ヒヒンッ』

それから休憩することも忘れ、数時間走り続けた。


「ん……」

ふいにラースの声が耳に入り、アイリスはアーサーに「止まって」と指示を出す。

「ラース、意識が戻ったの……？」

アイリスが恐る恐る声をかけると、わずかにラースの瞼《まぶた》が動いた。どうやら意識が戻りつつあるようだ。

「……っ、よかったぁ……」

このまま目が覚めなかったらどうしようと、不安で仕方がなかったのだ。アイリスはへにゃりと頬を緩ませ、やっと呼吸ができた気がした。

「ずっと走りっぱなしだったものね。アーサー、休憩しましょう」

『ヒヒン』


今いる場所は、王都へ続く街道の途中だ。

土で簡単に舗装された道の向こうは草原が広がっていて、大きな木がぽつりぽつりと生えている。木陰に座って休憩したら、ちょうどいいだろう。

アイリスはラースを降ろして、アーサーの手綱を木の枝にかけた。

「ふー、こんなに長時間駆けたのは初めてね」

大きく深呼吸をして、ぐぐーっと伸びをする。思っていたより身体が固まっていたので、念入りに腕回りや足を動かしていく。

「身体がカチコチだわ……」

まるで残業続きで死んでしまったときの肩こりみたいだ。アイリスは身体を十分にほぐしてから、木陰に腰を下ろした。

木陰に寝かせたラースはというと、まだ意識は戻っていない。

「でも、さっきより顔色はよくなってるみたい」

よかったと思いながら、ラースの目にかかった長い前髪に触れる。

「あ、髪にも血がついてるわね……」

固まっているので、これは洗い流さないと取るのは難しそうだ。せめて顔など肌についた部分はと、アイリスは布で拭っていく。

「うぅ……。濡らしたわけじゃないから、あんまり取れないわね」

血がたくさんついて、制服も血と泥にまみれて。

――でも、生きてる。

「よかった。ラースが生きてて、本当によかった」

アイリスは寝ているラースに覆いかぶさるように、その肩口に自分の額を当てる。すると、トクン、トクンと、わずかにだが心臓の鼓動が聞こえてくる。

（心音を聞いてこんなに安心したのは初めて……）

ラースの寝顔を見ていると、ふいに眉がしかめられた。どこか痛みが⁉と思ったら、どうやら草原とはいえ、地面の上だったので小さな石が当たっていたようだ。

「そうよね、痛いわよね……」

アイリスはどうするか考え、しかし敷物になるようなものはなかったので……思い切ってラースの頭を自分の膝の上に載せた。いわゆる膝枕だ。

（誰かに膝枕をするのも、初めてだわ……）

何というか、無駄に緊張してしまう。

（私の足、硬かったりしないかしら……）

せめて地面より寝心地がよければ、なんて考えてしまった。

「ふー……」

さあっと心地よい風が吹いて、アイリスは目を閉じる。こうして座っているだけでも、身体が休まっているのを感じることができた。

しばらくすると、アーサーが近くの草を食べ始めた。

（そうよね、お腹が空いてるわよね）

アイリスは急いで帰路についてしまったため、碌《ろく》に食料を持っていないことに気づく。せっかくの休憩だというのに、何ともひもじい。


——きゅるるる。


ふいに、アイリスのお腹が盛大に鳴ってしまった。間違いなくご飯のことを考えてしまったからだろう。

（いやあああああぁぁぁっ！　恥ずかしい‼）

なんてこったと、アイリスは両手で顔を覆う。

（で、でも……ラースは寝ているし、私のお腹の音を聞いたのはアーサーだけ……）

アーサーも人間の言葉がわかってはいるが、会話はできないのでノーカンだ。ということでアイリスが自分を納得させたのだが――

「……っ、可愛い」


膝枕をしていたラースの肩が揺れて、ボソッと呟いた声が聞こえてきた。

「～～～～～っ、ラース‼」

起きていたなんて！と、アイリスは涙目だ。しかも膝枕をしていたので、ダイレクトにお腹の音を聞かれてしまった。

「酷すぎる、もう生きていけないわ……」

「そんなこと言わないでください。アイリスのお腹の音、可愛かったですよ？」

「もう黙ってお願い」

アイリスは「はー……」と大きくため息を吐いて、ラースを見る。

意識が戻ってくれたことはとても嬉しいのだが、お腹の音を聞かれてしまったのはまったくよろしくない。

というか。

「お腹の音に可愛いも何もないでしょう⁉」

「そうですか？　俺の音より全然可愛いですよ」

「こんな議論は止めましょう」

ラースは可愛いというのを止めない空気を醸し出してきたので、アイリスはスパッとこの話題はなかったことにした。

「って、身体は大丈夫なの？」

「そうですね……だるさなどはありますけど、大丈夫そうですよ」

「そう、よかったわ」

ラースの返事を聞いて、アイリスは安堵する。

「何度お礼を言っても足りないわね……。助けてくれてありがとう、ラース」

「いいえ。アイリスが無事でよかったです」

ふたりで無事を笑い合うと、ラースが「そうでした」と言って身体を起こし、制服の内ポケットから干し肉の入った袋を取り出した。

「あまり美味しいものではないですが、どうぞ。非常食に持っていたんです」

しかも干し肉だけではなく、水筒も持っていた。

「よくそんなに持てたわね……」

「念のためですよ。でも、役に立ってよかったです」

ラースがアイリスの分も取り分けてくれたので、ありがたくいただくことにした。

口に含んだ干し肉は硬いものの、塩味がちょうどよく食べやすかった。

「あら、美味しいのね。こういうのって、すごくしょっぱかったり、不味いものだとばかり思っていたわ」

「食べやすいのならよかったですけど、これ、結構塩分あるんですよ。少し脱水症状もあるかもしれませんね」

「……！」

アイリスは自分の状態のことはまったく気にしていなかったので、ラースに言われたことに驚いた。

（でも、言われてみれば……ずっと前線で緊張していたし、この数時間は飲まず食わずでアーサーと走り続けていたから……）

考えるまでもなくいろいろと栄養が足りていなさそうだ。

「そうね、水を飲むのも忘れていたわ」

アイリスは苦笑すると、ラースにもらった水で喉を潤した。一口飲むと、身体が水分を求めていたことがよくわかる。

「は～、水が美味しいわね」

「はい」

ラースもアイリスの言葉に頷いて、水を飲んでふーっと息を吐いて微笑んだ。

ラースの部屋

アーサーの足は、行きしなよりもずっと速かった。

アイリスのラースを早く休ませたいという気持ちも汲《く》んでくれたのだろう。あまり振動がないように気をつけながらも、全力疾走してくれた。

ラースはといえば帰りの途中で目を覚まし、「すみません」と言いつつどこか嬉しそうにしていた。


無事王城へ到着したので、アイリスはようやくホッと胸を撫で下ろした。

「ラース、怪我したところに痛みとかはある？　医務室に……」

「回復薬を使ってもらえたので、大丈夫そうです」

失った血がすぐ戻ることはないが、前線にいたときよりもだいぶ回復してきたようだ。ラースは歩いて「この通りです」と笑ってみせた。

「それより、シャワー浴びて少しゆっくりしたいかもしれません」

「それもそうね」

思ったよりもラースが元気そうで、アイリスはクスクス笑う。

前線で戦っていたため制服は汗や泥、それに血なんかも大量についている。残念だが、この制服は処分するしかないだろう。

「それじゃあ、私はアーサーを魔獣舎に連れて行くわ。ラースはひとりで寮に戻れる？」

「歩けますし、ひとりで戻れますよ」

ラースが回復してきたのは知っているが、アイリスとしては心配なのだ。もし寮の部屋に行く途中で倒れてしまったら……と。

「ありがとうございます、アイリス」

「お礼を言うのはこっちじゃない。……助けてくれてありがとう、ラース」

「……はい」

アイリスが素直に礼を告げると、ラースは「間に合ってよかったです」と微笑んだ。

アイリスはアーサーと一緒にラースが見えなくなるまで見送ってから、魔獣舎へ行った。

魔獣舎には新しい藁が敷かれていて、みんなが帰ってきたときに快適に休めるように整えられていた。

それを見たアーサーは、とても嬉しそうに『ヒヒンッ』と鳴く。

アイリスはそんなアーサーに微笑みながら、軽く毛並みを整えてからご飯と水を用意した。

「簡単なお手入れでごめんね、アーサー」

本当だったら身体を洗って念入りにお手入れまでしたいのだが、もう夕暮れという時間ということと、ラースの調子が気になることと……何よりアイリスもくたくただった。

『ヒンッ』

アーサーは構わないようで、頷いてくれた。

アイリスも寮へ戻り、シャワーを浴びて私服に着替えをすませると、一気に身体が重くなった。今まで緊張していたものが抜け落ちてしまったのだろう。

（すごく眠い……）

しかしラースの様子を見るまではアイリスも眠るわけにはいかない。それに、前線では自分の代わりにグレゴリーが頑張ってくれている。

ルイとネネが前線にいて、シュゼットたちの合流まであと少し……というところだった。もしかしたら、もう向こうは決着がついている頃かもしれない。

前線の指揮官にはグレゴリーが説明をしてくれているので、アイリスたちが戻る必要はない。だが、王城の担当者には後ほど報告をした方がいいだろう。

「あ……食事の用意をしていった方がいいかな？」

ラースもお腹を空かせているはずだ。

食堂に行けば簡単な軽食を包んでくれるはずだ。今は魔物の大反乱のこともあるので、持ち出せるものも多く用意してくれているだろう。

「私の分も用意してもらって、ラースと一緒に食べようかな？」

そうすればラースの体調を見ることもできるし、一石二鳥だ。


食堂でサンドイッチを用意してもらったアイリスは、男子寮へやってきた。

女子寮と男子寮は作りが同じで、隣に立っている。上は三階まであり、地下にはそれぞれ備品などの倉庫が作られている。

特に男女間での立ち入り禁止などの規約はないので、寮母に挨拶してラースの部屋へ向かう。

（ラースの部屋は……三階か）

上り下りは大変だけれど、なかなかいい部屋を割り当てられているみたいだ。

アイリスはラースの部屋へ着くと、扉をノックして「ラース、アイリスよ」と声をかける。

（まずはシャワーって言ってたけど、大浴場で倒れたりしてないわよね？）

貧血でフラフラ～っとなっていたらどうしようと思っていたら、中から「どうぞ！」という少し遠い声が響いた。

「えっと、お邪魔します」

アイリスが扉を開けると、深い青を基調に調えたシンプルな室内が目に飛び込んできた。

実は魔導具の道具など、いろいろと散らかっているかもと少し思っていたのだが……まったくそんなことはなかった。

しかし本人の姿が見えない。

「ラース？」

アイリスは首を傾げるも、室内にドアがあることに気づいた。ベッドがないので、恐らく寝室だろうと当たりをつける。

（……でも、よほど身分がないとこんな広い部屋を貸してもらえるはずないんだけど……この部屋しか空きがなかったのかしら？）

そんなことを考えながら、アイリスは「大丈夫？」とドアを開けて中に入った。

「今ね、食堂でサンドイッチを作ってもらって――」

というところで、アイリスは絶句した。

確かにドアの向こうはアイリスの予想通りに寝室だった。しかしその内装が、アイリスにとってまったく予期していないものだったのだ。

「どうして、ラースの部屋に私の写真がこんなにたくさん飾ってあるの……？」

ラースの寝室には、大きなアイリスの写真が飾ってあった。以前、魔導具のカメラをラースが作ったときに撮ったものだ。

どの写真にも、見覚えがある。

そしてベッド横のサイドテーブルには、アイリスが以前あげた飴などが置かれていた――。

＊＊＊

アイリスの声が聞こえて慌てて返事をしてしまったが、ラースは少し待ってもらうように言った方がよかったか……と髪を拭きながら苦笑する。

寮の自室に備え付けられている浴室でシャワーを浴びていたのだが、血や泥を落とすのに時間がかかってしまったのだ。一番大変だったのは髪の毛だろうか。

とりあえず軽くシャツを羽織って、下はズボンをはく。靴下は別に必要ないと、素足にサンダルをはいた。

髪はまだ濡れているのでフェイスタオルを頭に乗せて、そういえば眼鏡は部屋の机の上に置いたのだったと思い出す。血がついていたから、後で手入れをしようと思っていたのだ。

ラースが浴室から出てみるも、アイリスの姿はなかった。

もしかして、部屋の外で待っているのだろうか。そう思ったけれど、寝室に続く扉が開いていることに気づく。

「……？」

一瞬で身体の中から血の気が引いた。

が、見られてしまったのだとしたら、きっとどうしようもない。弁明することが不可能なのは、部屋の主であるラース自身が一番よく知っている。

寝室の中を覗くと、キョロキョロと室内を見回しているアイリスの後ろ姿が見えた。戸惑っているのは、はたから見ても丸わかりだ。

ラースは仕方がないと、腹をくくることにした。

ゆっくりアイリスの方へ近づいて、無理だろうと思いつつも——できるだけ優しく怯《おび》えさせないように意識して、声をかけた。

「……見ちゃったんですね、アイリス」

声をかけてみると、アイリスは案の定ビクッと肩を震わせた。振り向いてももらえなかった。

（まあ、そうですよね）

ラースの寝室には、アイリスの写真がたくさん飾られている。

以前作った魔導具のカメラで撮ったのを紙に写したもので、その内容はアイリスも把握している。さすがのラースも、無断で撮るようなことはしていない。

ただ、部屋に飾っていることは伝えていないし、ラースのお気に入りのアイリスの写しは大きく引き伸ばして枕もとの上に飾ってあるということも伝えてはいない。


きっと今、アイリスの頭の中は大混乱だ。

しかもその原因の人間が来たのだから、逃げるべきか、戦うべきなのか、それとも何か説得でもすべきなのか……考えているのかもしれない。

でも――。

(逃げないなら、都合よく解釈しちゃいますけど)

ラースはそう思いながら、わざと足音を立ててアイリスの方へ近づいた。すごくわずかに、アイリスの腕が動いた。

それでもまだ、逃げない。

――アイリス。

声にならない言葉を発して、ラースは後ろからアイリスのことを抱きしめた。

タオルが落ち、まだ濡れたままの髪がアイリスの肩口に当たってしまったけれど、それを気にしている余裕はラースにはなかった。

素直に告白をしたら、受け止めてくれるだろうか。

「俺はどうしようもなく、アイリスが愛おしくて仕方ないんです」

そう告げると、アイリスの身体がこわばった。

「な、なんで私を……っ」

「そうですね……。俺に初めて優しくしてくれたのが、アイリスだったからでしょうか？」

こんな言葉で信じてもらえるとは思わないけれど、ラースにとって誰かに優しくされるということは、すごいことだった。

もうこんな世界は嫌だと、そう思っても——アイリスが自分に優しくしてくれたことを思い出すと、生きていこうと思うことができた。

アイリスはラースにとって、天使だ。

「アイリスを見るたびに心臓の鼓動が速まって、どうしようもなくなるんです。……ねぇ、アイリス。顔を見せてください」

どうか応えてほしい。

そんな気持ちを込めて言葉をかけたけれど——アイリスはわずかに首を振った。

「いや……それは、ちょっと……」

——否定の言葉。

だけどもう、今更ラースにマテなんてできない。

ラースはアイリスの前へ回り込み、素早く床に膝をつく。

「可愛い俺の天使……跪いて、キスを捧げてもいいですか？」

「んな……っ！」

そう言って足の甲にキスをしたラースを見て、アイリスはもう何も考えられなくなっていた。

（私の写真に、足の甲にキス!?　どうすればいいの!?）

とにかくここから逃げ出したいという気持ちが大きくなる。しかし自分の写真をこのままにしておくのも何だか嫌だ。

（というか、ラースに話は通じるのかしら）

先ほどからドッドッドッドッドッドッと嫌な音ばかり立てる自分の心臓の音がうるさい。

（でも、何て話しかければいいかわからない……）

すると、ラースが口を開いた。

「……すみません。肩を濡らしてしまいましたね。このままだと冷えて風邪を引いてしまうかもしれません」

「べ、別にちょっと濡れたくらい大丈夫よ」

「そうですか？　でも、アイリスが風邪を引いてしまっては大変ですから」

そう言うと、ラースは近くの引き出しから新しいタオルを持ってきてアイリスの肩口を拭いてくれた。

「えっと……？」

突然普段のラースに戻ったような気がして、戸惑いが大きくなる。もしやおかしなことを言ったラースは、疲労が見せた幻覚だったのでは……と。

しかしラースの手が伸びてきて、そっとアイリスの頬に触れたことでハッとした。

「変わらず普通に返事をしてくれるなんて、やっぱりアイリスは天使ですね」

「はい？」

「……逃げないと、俺はどんどん期待しちゃいます、ってことです」

「――！」

ラースの言葉を聞いて、そういえば逃げたらよかったのかもしれないことに思い至った。

しかしあまりにもラースが普通の態度だったので、逃げるという発想が頭の中から消えてしまっていたのだ。

慌てて後ろに下がろうとしてみたが、もう遅かった。

「こんな俺は、気持ち悪くて嫌いになってしまいますか？」

ラースが距離を詰めてきて、アイリスは壁際に追いつめられてしまう。左右をラースの逞しい腕に塞がれて、逃げ場がなくなってしまった。

濡れてしっとりしているラースの前髪の隙間から、金色の瞳がアイリスを見ている。まるで、捕えた獲物は逃がさないぞと、肉食獣に睨まれている気分だ。

「でも、アイリスへの想いが溢《あふ》れて止まらないんです。いつも一緒にいたいと、俺だけを見てほしいと、そう思ってしまうんです」

「だ、だからって……こんな大きな写真を飾るのは……ど、どうかと……思うわ、よ……？」

あまりにも熱烈な愛の告白に、アイリスはそんな返事をするのが精一杯だった。

「そうですか……？　これじゃあ、全然足りません」

大きな写真があっても、欲はどんどん膨れ上がるとラースは言う。

「最初は見ているだけで満足でした。……でも、話してみたくなって、笑いかけてほしくなって、一緒にいたくなって……」

「ラース……」

反省の色を浮かべるラースに、アイリスはどう反応をすればいいかわからなかった。

ストーカーとまではいかないけれど、自分の写真を飾るだけでなく、ちょっとしたお菓子まで大事に保管されているのは……と思ってしまった。

しかしアイリスは普段のラースも知っているのだ。

笑顔が可愛いワンコみたいな後輩で、仕事もしっかりこなし、身体も鍛えていて、趣味の魔導具作りでも天才的で、何より——


あの戦場で、命がけで守ってくれた人。


どうしても、強く拒絶することができない。

「……って、そうよ、お風呂入ったりして体調は大丈夫なの⁉」

「今、それを聞きます？」

「あ……」

激しくタイミングを間違えたと、アイリスは両手で自分の顔を隠す。穴を掘って隠れてしまいたいほど恥ずかしい。

アイリスがそう思っていると、ラースの笑い声が耳に届く。そして耳たぶに触れる、わずかな温もり。

「やっぱりアイリスは可愛い」

「──っ！」

突然耳元で喋られて、ぞくりとしたものが背中を走った。

「…………。もしかしてアイリス、耳、弱いです？」

そう言ったラースは、あえて耳元で囁《ささや》くように喋ってきた。

「ちょっ、……っ！　ラース！　耳元で喋るのは……んんっ！」

アイリスが抵抗するためにラースの胸を両手で押してみるが、びくともしない。というか、予想以上に胸板が厚い。

「すみません……。アイリスの反応が可愛くて」

ラースの唇が、触れるか触れないかというギリギリのところまで寄せられる。熱い吐息に、アイリスの肩が跳ねる。

「ひゃっ！」

「……っ、声、可愛いです」

ラースの両手が左右の耳にそれぞれ触れてきて、思わずアイリスの腰が逃げるが──それを許すラースではなかった。

「アイリスの耳たぶ、すごく柔らかいですね。形も綺麗ですし、芸術作品みたいです」

そんなわけあるか！とアイリスは叫びたくて仕方がないが、ラースの触り方が妙に色気を含んでいて……抵抗の仕方がわからない。

「んぅ、く、くすぐった……ぃ」

「耳がすごく敏感みたいですね。ここ、気になりますか……?」

「……っん!」

ラースの指先が耳の内側をなぞると、まるで体内に電流が走ったような感覚に襲われる。

ぞわぞわして、これはやばいと脳内で警鐘が鳴るのだが……初めての感覚にアイリスはどうしていいかわからず、ラースに縋ってしまう。

「すごい……。真っ赤になってますよ、アイリスの耳」

「そっ、そんなこと、……っん、言わないでっ‼」

実況されることほど恥ずかしいことはない。

アイリスの反論に、ラースは「すみません」と苦笑しつつも、まるで愛撫《あいぶ》のように耳に触れるのを止めない。


「果実みたいで……食べちゃいたいです」


はむ、と。

ラースの唇の熱さが、ダイレクトに伝わってきた。

「ふあぁっ」

「ん、美味しい……」

(美味しくない……っ!)

叫びたかったけれど、アイリスの言葉は声にならなかった。誰かに耳を食べられるなんて、初めてどころではない。

「はぁ……アイリス」

「ん……っ」

普段よりも低いラースの声に、身体が反応してしまう。

「やっ、だめ……ぇ」

アイリスがなけなしの力を振り絞って抵抗を試みるが、甘くとろけ切った声で言われても、そんなものはラースを煽《あお》るだけの可愛い抵抗でしかなくて。

「俺が溶かされちゃいそうです、はぁ……っ」

ちゅ、と。

今度は耳たぶを吸われてしまった。

「んぅっ、あ」

「ずっと触れていたいです……。アイリス……」

ラースは歯止めが利かなくなったように、何度もアイリスの耳にキスをする。

次第に息も上がってきて、さすがにこのままでは駄目だとアイリスはどうにか正気を保とうとするが……ラースの色気にあてられてしまう。

「好きです、ずっとずっと……アイリスが好きでした。アイリスは、俺のすべてです……」

はぁっと、ラースの熱い吐息にアイリスの身体が跳ねる。

（そんな告白、ずるい……っ）

「だ、駄目よ！　ラース！　んんっ！」

「はぁ……。でも、止まらなくて。もっと、アイリスの耳を堪能したいです」

「〜〜〜〜〜〜っ！」

何てことを言うのだ、この男は！

しかしアイリスも力いっぱい拒むことができずにいる。

嫌だと、抵抗しろと頭ではわかっているのに、まるでそれを心が拒否しているような——そんな感覚に襲われてしまう。

「はっ、アイリス……」

「ラース、っ！　駄目、駄目よ！」

アイリスは大きく息を吸って、これ以上は駄目だと自分自身に最大級の警鐘を鳴らす。

「私はクリストファー様の婚約者なのよ！」

「──っ」

どうしてこんな言葉しか出なかったのだろうと、アイリス自身も思う。しかし、事実でもあるのだから仕方がない。

思いっきり叫んでしまったからか、それとも別の何かのせいなのか、呼吸が荒くなる。そして同時に、アイリスから温もりが離れていった。

「……ええ。そうですね、アイリス。あなたは第一王子の婚約者だ──」

そう告げたラースがどんな顔をしているか、アイリスは見る勇気がなかった。

閑話　どうしよう

「まさかラースの部屋があんなことになっていたなんて思わなかったわ！」

頭の中の整理がまったく追いついていない。

転生前、転生後を合わせても、アイリス史で一番の問題ではないだろうか。アイリスにとって、転生したときの驚き以上の衝撃を受けたのだ。

「はー……」

まだドキドキしている胸を押さえるように手をついて、アイリスは自室のベッドに寝転がった。


ラースの部屋で見たのは、大量に飾られた自分の写真。

そして囁かれた、熱く、激しい、火傷してしまいそうなほどの愛――。

今までアイリスにあれほどの言葉をかけてくれた男性なんて、いなかった。だからドキドキしてしまったのは、きっと仕方ない。

「でも、どうすればいいの……」

咄嗟にクリストファーの婚約者だと言って、あの場を逃げることに成功した。ラースはあれ以上何もすることなく、アイリスを解放してくれたのだ。

「うぅ……まだ耳に感触が残ってる気がする」

自分で耳たぶに触ると、先ほどのことが鮮明に脳裏に蘇ってしまう。

アイリスはふーっと大きく息を吐いて、ラースのことをどうすべきか考え始めた。

「……私はクリストファー様の婚約者だけど、たぶんもうすぐ婚約破棄される」

その後は国外追放され、平民として働いて暮らそうと思っていた。

前世のようにバリバリ働いてやるんだ！という計画だったのだ。

そこに、誰かと恋をして、結婚して、幸せな家庭を——なんていう乙女な夢は、まったく、いっさい、なかったのだ。

（……正直、ラースのことは私も気になってた）

真面目に仕事をし、気遣いもできて、一緒にいると楽しい。気づけば最近は、ラースが隣にいることが当たり前のようになっていた気がする。

三歳年下だったので、恋愛かどうかはアイリス自身にもはっきりとはわからないけれど……恐らく、婚約破棄された後に告白されたら付き合っていたと思う。

問題はその告白が普通ではなかったということだ。

「犯罪じゃないとはいえ、ストーカーすれすれよね？」

あれはアリなのか、ナシなのか……恋愛初心者のアイリスではいまいち判断をつけにくい。

ただ、自分の中の社会人だったアイリスが「あれはナシでしょう」と客観的に思っていることもわかるのだ。

「……うん。やっぱりナシだよね？」

確かにラース自身は好ましいと思っていたけれど、アイリスに対するあの執着は駄目だろう。

アイリスは常識的に判断して、ラースにきっちり断るか、物理的に距離をとっていくことにしようと決めた。

イケメンはどんな眼鏡も似合う

アイリスが前線から戻り、十日ほど経った。

魔物の大反乱は無事にこちらの勝利で決着がついたと報告があり、研究所内は穏やかな雰囲気に戻っていった。

前線ではアイリスが後にして割とすぐにシュゼットご一行が合流し、無事にひとつ目トロールが倒され、少し時間はかかったが残りの魔物たちも倒されたのだという。

ただ、その功績はほとんどが後から来たシュゼットたちのものになり、ルイたちの活躍を口にする人はほとんどいないのだという。

その報告が研究所に来たとき、リッキーが「前線にいる人の目は節穴《ふしあな》ですか⁉」と大暴れしそうになって大変だったりもした。

リッキーはアイリスとラースがどれだけ前線で頑張ったと思っているのだ！と、涙を浮かべながら悔しそうにしてくれたのだ。

たったそれだけで、アイリスの心がどれだけ報われたことか。

その後、十日ほど時間が必要だったのは、復興作業だ。魔物たちに破壊されたものの撤去や、怪我人の治療など、そういったものに目処がついた。

グレゴリーとルイとネネは復興作業などを意欲的に手伝い、魔獣のよさをアピールしているとアイリスの耳に届いている。

それによって、研究所の存続会議を取りやめ、研究所の予算を上げてもらえるのではというグレゴリーの企みもあるようだ。

明日にはグレゴリーにつれられて、ルイとネネも帰ってくるだろう。


そして今日から――療養していたラースが復帰する。

(どんな顔してラースに会えばいいかわからないわ……)

ラースの部屋に行ってしまったあの日以来、実はラースと一度も顔を合わせてはいない。

怪我の様子はさすがに気になったので、男子寮に行ってこっそり寮母に聞いたりはしていたのだけれど……本人に会う勇気はなかったのだ。

(平然と行って、さらっと断っちゃえばいいだけ……っていうのはわかってるんだけど……)

どうしても駄目だった。

無意識のうちに、ラースとの関係が変わってしまうのが嫌だったのかもしれない。

アイリスが机に向かっていると、「ラース!」という誰かの呼びかける声が耳に届いた。

(来た……‼)

みんな口々に、「完治おめでとう」「もう大丈夫?」「今日からまたよろしくね〜」などと楽しそうに話をしている。

ラースも、「ありがとうございます」と返事をしている。

しばらく耳を傾けていたアイリスだったが、ふとざわめきが静かになったことに気づく。もしや、ラースがどこかに行ったのだろうか?

そんな風に思い振り向いてみると、目の前に大きな薔薇の花束があった。

「え……?」

「驚きました?」

「……っ、ラース!」

そう、アイリスの目の前に花束を差し出していたのがラースだったのだ。

アイリスはどういうことかわからずに、「え? え? え?」と戸惑って周囲を見る。みんなの視線が生暖かくこちらを見守っていた。

「庭園に咲いていた薔薇が綺麗だったんで、庭師の方にいただいてきたんです。アイリスによく似合います」

「え、でも……こんなすごい薔薇……」

「あとは俺が休んでる間の仕事をアイリスがしてくれてるって聞いたので、そのお礼も含んでます」

ラースはそう言うと、「すみませんでした」と苦笑する。

（職場では普通に接してくれるってことかな？）

アイリスはラースの大人な対応にホッと胸を撫で下ろし、花束を受け取った。

「私こそ、前線では助けてもらっちゃって……。改めてお礼を言わせてもらうわ。ありがとう」

「いえ」

ラースは「無事でよかったです」と微笑んで、自分の席へ戻っていった。

＊＊＊

早めに仕事を終えたアイリスは、久しぶりに街へ出た。

というのも、前線でラースに助けてもらったお礼のプレゼントを買うためだ。もう関りになるのはやめようと思ったけれど、命を助けてもらったことは話が別だ。それについては、きちんとお礼をすべきだろう。

（でも、何がいいのかな……）

ウィンドウショッピングをしつつ悩んでいると、一軒のお店が目に入った。

「あ、ここいいかも」

確かラースが持っていたものは、前線での戦いでかなり汚れていたはずだ。壊れてはいないと思うけれど、もうひとつくらいあってもいいかもしれない。

アイリスは眼鏡店に足を踏み入れた。


「いらっしゃいませ」

シックな雰囲気に作られた店内は、品のよいスーツを着た初老の男性店員がいた。お洒落《しゃれ》な片眼鏡をかけていて、小さな宝石をアクセントにしたメガネチェーンがついている。

「こんにちは。実は恩人にお礼として眼鏡を贈ろうと思っていて……」

「さようでございましたか。性別やご年齢、お好きな形などあればより合うものをご案内させていただけるかと思います」

「ありがとうございます」

アイリスは店員にラースの性別と年齢を伝え、しかし好きな形はわからないぞと首をひねる。

（いつもつけてるのと同じフレームがいいのかしら？　それとも、違う形？）

というか眼鏡なのに試着しないで買うのもどうなのだろうと悩む。

（私も前世でたまに眼鏡をかけてたけど、似合うのを探すまで大変だったし……）

しかし、ちょっと待てよと思う。

（ラースはイケメンだから、どんなフレームの眼鏡も似合っちゃうんじゃない？　それこそ、スクエアも丸も、何ならお笑い用のふざけたヒゲ眼鏡も似合ってしまうのでは……!?）

「って、そんなことを考えてないで探さないと――」

と思って窓の前の棚に並ぶ眼鏡を見ようとしたら、なぜかラースと目が合ってしまった。

「え？」

声こそ出してしまったが、突然視界にラースが入ってきたのでアイリスはフリーズしてしまう。完全に予想外だ。

ラースはちょうどお店の外にいて、窓越しに目が合ってしまったようだ。

（もしかして、私の後をつけてきたんじゃ……）

そう思ったらゾッとする。

帰宅した方がいいだろうか。アイリスが悩んでいると、ラースが「違いますから!!」と言って店内に入ってきた。

その手にはカゴを持っていて、どうやら研究所のお使いだということに気づく。

「何だ、尾行されたのかと思ったじゃない」

「さすがにそんなことしませんよ。俺はアイリスが好きで好きで仕方がないですけど、アイリスが嫌なことや、困ったり迷惑になったりするようなことはしません。もちろん法に触れることもですよ」

アイリスに誓って！と言われてしまったので、確かにラースが嘘をついているようには見えなかったので「わ、わかったわ」と頷いた。

頷いたが、ラースに好きと連呼されてしまってアイリスの顔は赤い。

（ああもう、顔が熱い）

ラースは店内を見回して、じっとアイリスを見つめて……ひとつの眼鏡を手に取った。水色で、太めのフレームの眼鏡だ。

「アイリスにはこれが似合うと思いますけど、どうでしょう？」

「……確かに可愛いわね」

今のところ視力は問題ないので眼鏡を作る予定はないけれど、今後もし買う機会があれば水色も候補にしようと思った。

「でも私は眼鏡はいらないから――あ」

タイミングよく本人が登場してくれたのだから、今つけてもらって決めてしまえばいいのでは？とアイリスは閃《ひらめ》いた。

「ラースは黒髪だから、そうね……明るい色とか似合いそうよね」

アイリスの独断と偏見だが、黒髪男子にピンクアイテムはめちゃくちゃ似合う！と思うのだ。あとはアイリスにも選んでくれたが、同じように水色フレームもいいだろう。黒縁、というのも黒×黒で捨てがたいかもしれない。

「って、ラース……眼鏡はどうしたの？　いつもかけてるのに」

ラースが今日に限って眼鏡をかけていないことに気づき、アイリスは首を傾げた。すると、ラースは何事もないようににっこり言ってのけるのだ。

「戦場の時のように眼鏡だけだと不便なこともあるので、目薬タイプの魔導具を作ってみたんです。でも、やっぱり眼鏡があった方が落ち着きますね」

そう言って、ラースはいろいろな眼鏡をかけてくれる。

「……そうなの」

（この子、またさらっとすごいことをやってるわ）

ラースの魔導具に関する天才的な才能については考えるだけ無駄だと思い、アイリスは眼鏡選びに集中することにした。

そしてさすがはイケメン、ラースはどんな眼鏡でも似合ってしまう。

「ううん……悩むわね。でもやっぱり王道のピンクかしら？」

そう言いながらアイリスがピンクフレームの眼鏡をラースに渡すと、首を傾げつつも試着してくれた。

「イイ……。似合ってるわね」

「そうですか？　ピンクの眼鏡はかけたことがないので、落ち着かないですけど……アイリスが選んでくれたことを考えたら、もう一生外したくないかもしれません」

「何言ってるのよ……」

というか研究所の様子を見て落ち着いてくれたのかと思ったが、ラースはまったく変わっていなかった。職場だったからいつも通りにしていただけのようだ。

「……………」

さすがに眼鏡店で言い合うわけにもいかないので、アイリスは小さくため息を吐くだけに抑えて、違う眼鏡も試着してもらうことにした。

「ふむ、それもなかなか……。こっちは？　あら、いいわね。シルバーも似合うのね……うーん、迷うなぁ」

色、形などを変えて、かれこれ二十以上は眼鏡を試着しただろうか。しかしどれがいいか、いまいち決定的な決め手がない。

というか、全部似合うのだ。

（さすがはイケメンね……）

丸眼鏡が似合ったのを見たときは、思わず拍手をしてしまったほどだ。自分では絶対に似合う自信がない。

ずららっと試着した眼鏡が並ぶのを見て、ラースはこてりと首を傾げる。

「アイリスの眼鏡を買うんじゃないんですか？」

「ああ、違うわよ。……その、ラースに助けてもらったお礼を探してたの」

「――ッ!?」

アイリスの言葉を聞いた瞬間、ラースの表情がぱああっと輝いた。お尻にはブンブン振られている犬の尻尾が見えるかのようだ。

「ラースは試着してみて、どれが一番よかった？」

「アイリスがいいと言ったものすべて……」

「真面目に聞いてるんだけど？　それとも、この店の眼鏡をすべて買えとでも言うの？」

眉間に皺を寄せつつアイリスが抗議すると、ラースはなぜかしゃがみ込んでしまった。両手で顔を隠していて、なぜか耳が赤い。

「……？　どうしたのよ……」

アイリスは何もしていないはずだけれどと思っていたら、ラースが理由を説明してくれた。

「それって、全部の眼鏡が似合うって思ってくれてるんですよね……？　アイリスのそういうちょっとした素の不意打ち、威力強すぎなんですけど……」

「あ……っ！」

ラースに指摘され、無意識で言っていたことに気づいてアイリスの顔も赤くなる。

(何てこと言ってるのよ、私‼)

穴があったら入りたい。

いや、むしろここから逃げたい――！

しかしあれだけ好き勝手試着して何も買わないのは申し訳ないので、そもそも買い物にきたわけでもあるので……アイリスはピンクフレームの眼鏡を選んで店員にラッピングを頼んだ。

「こちらですね。とてもお似合いでしたよ」

素敵ですと店員が頷き、すぐにラッピングをしてくれた。


眼鏡店から出ると、すっかり暗くなっていた。

（ラースに眼鏡をかけすぎたわ……）

しかし似合う眼鏡を購入できたので、よしとしよう。アイリスはラースを見て、買ったばかりの袋を渡した。

「こんなところで渡すのも微妙かもしれないけど、助けてくれてありがとう」

「……こんなに気を遣ってもらわなくてよかったのに」

ラースは申し訳なさそうにしつつも、嬉しそうに受け取ってくれた。


帰る場所が王城内と同じなので、アイリスとラースは並んで歩き始める。

「ねえ、ラース」

「はい？」

「その、ええと……昼間の態度が以前と同じっぽかったから、あの夜のことはなかったことにしてくれるのかと思ったんだけど……そういうわけじゃない……のよね？」

職場でのラースは普段通りだったが、先ほどの眼鏡店で会ったときはアイリス大好きオーラを出していた。

「ああ、仕事とプライベートをごっちゃにする人って、アイリス嫌いですよね？」

「え？　ええ、嫌いだけど――って、そんな理由だったの!?」

人間関係のことを考えたりしているのかと思ったが、公私混同をアイリスが嫌うから、という何ともラースらしい理由だったことが判明してしまった。

「聞かなきゃよかったかもしれないわ」

頭も痛くなってきたかもしれない。

アイリスは「はあぁぁぁ……」とそれは長いため息を吐いてから、ラースを見た。

「いい？　私は今のところ恋愛をするつもりはないの！　だから、返事もノーよ。…………その、気持ちは嬉しかったけどね」

アイリスはラースの告白を思い出して微笑みそうになり――ブンブン頭を振る。危うく思い出が美化されるところだった。

「でも私の写真を引き伸ばしたり、あげたお菓子をいつまでも飾っていたり……。そういうのは嫌よ！　だから、そもそも私とラースは恋愛観が合わないのよ。ごめんなさい」

一気に喋って、その勢いで頭を下げた。

さすがにこれなら、ラースも引いてくれるでしょう。

「……わかりました。俺は大丈夫です。今まで通りアイリスを想う日々に戻るだけですから」

（……ん？）

何やらラースの返事がおかしい気がするぞ？とアイリスが顔を上げると、ラースの目に薄っすらと涙が見えた。

が、ラースはすぐに袖口で拭いて、「行きましょう」と歩き出してしまい……それ以上何かを聞いたり伝えたりすることはできなかった。

閑話　天国と地獄

今日、宝物ができた。

「まさかアイリスが眼鏡をプレゼントしてくれるなんて……」

ラースは寮の自室に戻ると、先ほどの幸せをこれでもかと噛みしめていた。ベッドに寝転んで、思わずゴロンゴロンと転がってしまう。

そして目に入るのは、ベッドサイドに置かれたアイリスの写真だ。引き伸ばしたものはアイリスから苦言を呈されたので泣く泣く撤去した。

「……でも、恋愛観が合わないか……」

そう言ってアイリスはラースの気持ちに断りの返事をしたのだ。


ラースはアイリスにもらった眼鏡をかけて、鏡の前へ立った。アイリスが似合うと褒めてくれたことは、純粋に嬉しかった。

ピンクの眼鏡をかけた自分の姿は、どうも見慣れない。

（だけどアイリスが絶賛してくれた）

今回ばかりは、この顔に生んでくれてありがとうと両親に感謝したいと思ったくらいだ。

「仕事で使ってもいいかな？　それとも、プライベート専用？　……仕事で使ってたら、アイリスが気にするかな？」

つい先ほど、ラースはアイリスに大丈夫だと返事をし、今まで通り接すると言ったのだ。

（でもここまで考えたら意識しすぎているし、気にせず普段使いにした方がアイリスは気にしないかもしれない……）

そしてあわよくば、自分のことを少しでもいいから意識してくれたら……とも思ってしまうのだ。

「って、さっき振られたばっかりなのに駄目だろう！」

しかしラースにアイリスを意識するなという方が無理だ。

「普段はあんなにしっかりしてるのに、アイリスの身体は柔らかくて、声は可愛くて……俺を呼ぶ声はどこか甘さを含んでいて――って、何を想像してるんだ俺は」

邪念を振り払うように、慌てて頭を振る。

「アイリスに触れる心地よさを知ってしまったのに、俺は遠くから眺めるだけで我慢できるのか……？」

アイリスに触れてしまったが最後、ラースはマテのできない駄犬になってしまう自信があった。いや、自信しかなかった。

「ああもう、いったいどうすればいいんだ」

ラースの呟きは、静かに夜の闇に溶けていった。

悪役令嬢の運命

この乙女ゲーム『リリーディアの乙女』のヒロイン、シュゼット・マルベールが攻略対象キャラクターたちと魔物の大反乱の討伐を成功させた。

その話はあっという間に王都、国中を駆け巡り、シュゼットたちはたちまち英雄になった。

しかし、前線で懸命に魔物たちを従え戦った悪役令嬢の名は――誰も口にはしなかった。誰が何をしようとも、ゲームの英雄は神託の乙女シュゼットだけなのだ。

そしてついに、住民からも王太子クリストファーの妃に相応しいのはシュゼットだという声が大きくなっていった――。

＊＊＊

シュゼットたちが王都へ戻ってきた数日後に、盛大な祝賀会が開かれた。

高級食材をふんだんに使った料理、煌びやかな宝石、まるで星空のようなシャンデリア。

最高級のもののみで整えられたパーティーは、今までアイリスが見たどんな会場よりも美しかった。

穏やかに流れる楽器の生演奏を聴きながら、ダンスを楽しんでいる人もいれば、今回の戦いの勝利を喜び合っている人たちもいる。


そんな会場の中で、アイリスは水色のドレスに身を包みクリストファーを探していた。

（いったいどこにいるのかしら）

アイリスはクリストファーの婚約者なので、入場後しばらくはパートナーとして一緒にいなければいけないし、最初のダンスの相手も務めなければならない。

だというのに、クリストファーに会うことができないでいた。

が、残念ながらこれはいつものこと。とはいえ、アイリスがクリストファーを探さないわけにはいかないので、面倒だと思いつつも探しているのだ。

（入場してすぐ別行動したのがいけなかったわね）

本来であれば、婚約者がいないことは大問題だろう。しかし、アイリスにはなぜクリストファーがいないのかが……実はわかっていた。


——これから、悪役令嬢の断罪イベントが始まるのだ。

魔物の大反乱は、ゲームでは最後のシナリオだった。

王城に戻り、こうして祝賀会が開かれ、最後に——攻略対象キャラクターにプロポーズされるのだ。

（やっぱり……クリストファー様はシュゼット様と一緒にいるんでしょうね）

きっと、クリストファーはアイリスに国外追放を言い渡して、シュゼットにプロポーズするのだろう。

その後、『はい』の選択肢を選ぶとあっという間にエンドロールが流れるのだ。めでたしめでたし、というわけである。

とはいえ、アイリスには逃げることはできない。

アイリスはその逃げられないという現象を、ゲームの強制力だと思っている。

悪役令嬢に転生して、嬉しい人間なんてそういない。

転生したという事実をしっかり理解したアイリスは絶望したし、どうにかしてこの運命から逃れられないだろうかと考えた。

——アイリスは生まれたときから前世の記憶があった。

さすがに赤ちゃんのときは、ここがゲームの世界だとは気づかなかった。しかし自分の名前や、王国の名前を聞いて、この世界は……と疑問を持った。

けれど極めつけは、クリストファーだろう。

さすがにゲームのメインキャラクターの名前を聞いたら、否が応でもここがゲームの世界なのだと自覚せざるを得ない。

自分が悪役令嬢であると理解したアイリスは、どうにか運命を変えようとしてきたのだ。

まずは家族との関係をよくしようと動いた。

しかし何をしても、家族はアイリスに関心を示してはくれなかったのだ。幼かったこともあって、こっそり泣いてしまった。

となれば、やはり頼りになるのは攻略対象キャラクターだろう。

そう思ってクリストファーと仲睦まじい婚約者になろうと努力した。

しかしアイリスが何をしても、クリストファーがこちらを気にかけてくれることはなかったのだ。

つまりこの世界は、何らかの強制力が働いているのだろうという考えに至った。

（上手くいかないのは、すべてゲームに関わることばかり）

ゲームが関わらない――たとえば王宮魔獣研究所の人間関係などは、自慢ではないがとても良好だとアイリスは思っている。

後輩のリッキーは自分を慕ってくれているし、所長のグレゴリーとは読書感想会なるものを一緒に行うくらいだ。

(それから、もうひとり)

リッキーとは違う意味で、やたら自分に懐いてくれている後輩がいる。ただ、その懐き具合はあまりよくない意味で異常だけれど……。

アイリスがルイたちと共に前線へ行くというのを最初は反対し、最終的には自分も一緒に行くことを所長に合意させたラースだ。

(結局押し切って行かせてもらったけど……)

ラースだけではなく、ほかの人たちもみんな心配してくれた。

無事に帰ると、リッキーには号泣されて力の限り抱きしめられた。アイリスも、思わず安心して泣いてしまったほどだ。

――まあ、そんなわけで、アイリスはゲームの強制力があると思っている。

(今までは悪役令嬢だからと我慢してきたけれど、今日のイベント後はそれから解放されるはずよ)

緊張と不安もあるけれど、エンディング後への期待も大きかった。

しばらくすると、褒賞式が始まった。

今回の活躍を評価し、国王から褒美を渡されるのだ。今回は活躍した人が多いため、それなりに時間がかかるだろう。

ゲームと同じように、命を懸けて戦った騎士たちを称え、怪我人を癒した人を称え、指揮を担当した人を称え――最後にシュゼットの名前が呼ばれた。


――さあ、エンドロールの始まりだ。


「シュゼット。其方は守られるべき未成年の女性でありながら、勇敢にも瘴気を浄化するため魔物に立ち向かった。それを称え、望む褒美を与えよう」

「ありがとうございます」

シュゼットが国王の前で頭を下げると、クリストファーが出てきた。その行動に、周囲の人間がざわついた。

「クリス様……?」

展開が呑み込めないとばかりに、シュゼットが目を瞬かせる。

しかしクリストファーはそんなシュゼットに優しく微笑んで、そっと手を差し伸べた。

「私が愛しいと思うのは、この世界中でただひとり……シュゼットだけだ。どうか私と結婚してほしい」

「クリス様……！」

シュゼットは歓喜のあまり目に涙を浮かべ、クリストファーに抱きついた。

アイリスはその様子を、少し離れたところから冷めた目で見つめる。

（ゲームで何度も見たシーン）

この後、シュゼットはクリストファーにはアイリスという婚約者がいることを思い出すのだ。

「あ……でも……クリス様には婚約者が……」

「そのことなら大丈夫だ」

クリストファーは安心させるようにシュゼットの頭を撫でてから、会場内を見回し――アイリスのことを視線で捉えた。


――ああ、悪役令嬢の出番だ。


気づけば、いつの間にかほかの攻略対象キャラクターたちも勢揃いしている。先ほど褒賞されたばかりだから、近くにいたままだったのだろう。

クリストファーはアイリスを見つけると、にやりと口元で弧を描いた。そして酷く悲しそうな顔で、アイリスのことを睨みつけてくるのだ。

「アイリス！　私はお前との婚約を破棄する‼」

高らかに響いたクリストファーの声に周囲がざわめくが、「それがいい」というような声もちらほら耳に届く。

アイリスが歩くと、前にいた貴族たちが波引くように下がっていく。しかしその瞳は興味深そうにアイリスのことを捉えたままだ。

クリストファーはまるで日頃の鬱憤を晴らすかのように口を開く。

「お前は私の婚約者だったというのに、いつまでも研究ばかり！　そのような役に立たない仕事など辞め、ほかにすることがあったはずだ！」

「…………」

「アイリス、お前に引き換えシュゼットは……多くの夜会や茶会に出て、たくさんの貴族たちと顔繋《つな》ぎや打ち合わせなども行ってくれている。本来、お前がやるべきだった仕事をシュゼットがしてくれていたんだ。感謝の礼を言っていいくらいだろう」

「クリス様！　そのようなことは……。わたくしはただ、クリス様のお役に立てればと思っただけなんです」

「ハハ、シュゼットは謙虚すぎる。アイリスも、せめてシュゼットの半分くらい謙虚だったらよかったんだが」

クリストファーの言葉に、アイリスはどんどん心が冷えていくのを感じる。

(私がすべきこと?)

そんなことを言われては、笑わずにいられない。

別にアイリスがすべきことは、何もないのだ。

次期王妃としての教育はすでに終えている。

教師にも、アイリスは優秀だと褒めてもらっている。むしろ、王太子のクリストファーが王になるための勉強をした方がいいだろう。

逆に――シュゼットがきちんと王妃教育を終えられるのか?ということの方が、アイリスは心配だが。

(まあ、私が気にすることではないけれど……)

ため息を吐きたいのをぐっと堪え、アイリスは「わかりました」と素直に認めた。むしろ、やっとここまできた!と、心の中では嬉し涙で大号泣だ。

それに、クリストファーの後ろで椅子に座っている国王も何も言わない。ゲームのときもそうだったが、アイリスを助けるつもりも、息子の暴走を諫《いさ》めるつもりもないようだ。

そのことには、この国に生まれた貴族として不甲斐《ふがい》ないし、とても残念に思う。

「では、これよりアイリスの罪状を言い渡す‼」

クリストファーが声をあげると、先ほどよりも大きいどよめきが起こった。でも、これはゲームのシナリオ通りだ。

アイリスが嫉妬しシュゼットをいじめ、浄化行為を妨げ、国に著しい損害を与えた……というようなことを長ったらしく宰相補佐のオリヴァールが告げるのだ。

無実の罪で蔑まれるのは嫌だけれど、それだけ我慢すればこのゲームは終わる。だから、あと少しくらいなら我慢できる。

アイリスは自分にそう言い聞かせて、オリヴァールが一歩前に出るのを見つめた。

「では、私から説明を。……アイリス・ファーリエは、王太子であるクリストファー殿下の婚約者でありながら、その務めを一切果たさなかった」

その出だしに、クリストファーは大きく頷いて見せた。

そしてオリヴァールは続ける。

「務めを果たさないだけではなく……シュゼット嬢が行う浄化の妨害を行った。その罪は、瘴気に悩まされている我が国ではとても大きな問題で、決して許されることではない！」

よって、国外追放とする！と、ゲームでは台詞が続くはずだ。

「さらに」

しかしオリヴァールは、アイリスの予想に反して喋り続ける。

（え――？　待って、何それ……。私、これ以上の展開なんて知らない……！）

全身から、ドッと嫌な汗が噴き出したのを感じた。

なぜ、自分の知らない内容でエンディングが続いているのか。アイリスにはまったく理由がわからなかったし、心当たりもない。

「このたびの魔物の大反乱で、アイリス・ファーリエは研究所の魔獣三頭と共に前線へ行ったのだが――無責任にも、途中で一角獣と城へ逃げ帰ってきた」

「な……っ！」

ラースが怪我をしたので、急いで戻ってきたときのことだ。それを、まさか逃げ帰ったと言われるなんて思いもしなかった。

アイリスの中に、クリストファーたちに対する怒りが膨らんでいく。

「一角獣は強く、抜けた場所に足りなくなった戦力は……はかりしれません。瘴気を浄化する邪魔だけではなく、王都――王城までも危険に晒《さら》したのです‼　これを許せるでしょうか？　許せるはずがありません！　私たちが必死で守っているこの国を、彼女の我儘《わがまま》で危機に晒すわけにはいかないのです‼」

最後の方は悲痛な叫び声のように話し、オリヴァールは一歩後ろに下がった。この後はクリストファーが受け持つようで、さっと手を上げ自身に注目を集めている。

クリストファーは貴族たちが自分を支持しているのを見て、満足そうに口を開く。そして同時に、シュゼットの口元が勝利を確信したように弧を描いた。

「よって、アイリス・ファーリエは死刑に処す！」


「――っ⁉」

判決を聞いた瞬間、アイリスは目の前が真っ暗になったような感覚に陥った。いったい何を言っているのだと。

（どういうこと⁉　ゲームにそんな判決はなかった。私が行動を変えていたすべてのツケが、最後の最後にきたとでもいうの？）

この判決に、黙っているわけにはいかない。

「お待ちください！　それは事実とは異なります‼」

アイリスが異を唱えると、周囲の貴族たちが息を呑んだ。さすがに、先ほどのような軽い雰囲気は感じられない。

クリストファーを支持していた貴族たちも、持ち上げはしたが、まさか死刑が下されるとは思わなかったのだろう。固唾を呑んで見守っている。

「アーサー……一角獣に乗って城へ戻ったのは、逃げ帰ったのではありません。怪我をした研究員を、急いで連れ帰ったのです」

アイリスがはっきり伝えるも、クリストファーは顔色ひとつ変えずに「それがどうした」と言ってのけた。

「一角獣を前線から離したこと自体が罪だ。アイリスを捕らえよ！」

なんと無慈悲なことか――。

クリストファーはもう聞く耳は持っておらず、しかも情報の精査も何もしていないのだろう。

これでは、アイリスが何を言っても無駄ではないか。

最初から、アイリスの言葉を聞く気はなかったのだ。

(私には助けてくれる家族はいない……)

むしろ公の場で婚約破棄をされ罪を暴かれた娘など、闇属性ではなくても必要ないと切り捨てるだろう。

複数の騎士とランスロットがアイリスを捕らえるため、ドスドスと足音を立ててこちらへ近づいてくる。

真っ先にやってきたランスロットが乱暴に腕を掴んできたのを見て、本当に処刑するつもりなのを感じた。

（嘘……ゲームが終わって、これからはゆっくり過ごせると思っていたのに）

まさかゲームオーバーだったなんて。

しかしいい子で罪をかぶる気もない。

「私は何もしていないわ！　離しなさい‼」

アイリスが反論のため口を開こうとすると、ランスロットが「喋れなくしてやるよ！」と腕を振り上げた。

「ひ……っ！」

アイリスは殴られる衝撃から少しでも逃れようと、咄嗟にしゃがみ頭を押さえて目を閉じた。……が、いつまでたっても衝撃がこない。

（…………？）

アイリスが恐る恐る目を開けると、見知らぬ青年が自分の前に立ってランスロットの腕を押さえていた。

夜より深い上品な漆黒を基調とし、シンプルながら質の高い金の装飾で飾られた正装。朱色の装飾リボンは夜の色に映え、いっそうアイリスの目を引きつけた。

「その罪状は間違っていますよ」

その出で立ちはまさに王族そのものだが、アイリスはこの声の主を知っている。

「ラー、ス……？」

アイリスが名前を呼ぶと、青年はこちらを振り向いた。いつもと髪型が違って眼鏡もかけていないが、顔立ちはアイリスの知っているラースだ。

ただ、違う点がひとつ。


「聖獣を従える、黄金の瞳……？」


普段、眼鏡越しで見ていたラースの瞳は薄紫だったはずだ。けれど今のラースの瞳は、とても美しい黄金色だった。

（そういえば、ラースの部屋で見た瞳の色――いつもと違う色だった）

あのときは気が動転していたこともあって、ラースの瞳の色について考えている余裕はなかった。

驚いたのはアイリスだけではない。会場にいたすべての人間が息を呑み、その美しさに目を奪われている。クリストファーでさえもだ。

遥か昔から、聖獣は国を守る結界を張り、繁栄をもたらすといわれている。

眉唾のような話ではあるが、クリストファーの瞳が金色に近い水色だったため期待している人は実は多かったし、クリストファーにとっても瞳の色は自慢だった。

「面倒なことになるといけないので、普段は眼鏡や魔道具で瞳の色を変えていたんです」

騙《だま》すようなことをしてすみませんと、ラースが苦笑する。

「そんなことより、もう大丈夫ですよ。怪我はしていませんか？」

「え、あ……驚いてちょっと倒れただけだから、怪我はしてないわ」

アイリスはラースが差し伸べてくれた手を取り、立ち上がる。

すると、こちらを凝視していたクリストファーが「な……っ」と驚きの声をあげてラースを指差した。

「お前、もしやラディアスか……？」

クリストファーのその言葉に、今度はアイリスが驚いて目を見開いた。そしてすぐラースに視線を向けると、いつもと違う――感情の読めない表情でクリストファーを見ている。

「そうですよ、兄上。ご無沙汰しております。きちんとお会いする機会は、そうそうありませんからね」

にこりと笑い、ラースはクリストファーの言葉を肯定した。

ラディアス・オリオン――それはこの国の、亡き第二王子の名前だ。

魔法の腕前は幼少期から天才的だったけれど、いくつかもつ属性のうちひとつが闇であったため――ひっそりと殺されたのだと言われていた。
しかしラースとして身を隠し、こうして生きていたのだ。

「戦いを経験したことがなかったアイリス嬢は、命令だからと果敢にも前線へ赴きました。しかし、その際同行していた私が怪我をしたため……一角獣を操り王城へ戻ってきたのです」

「な、そんなこと……」

「兄上はもう少し、いろいろな方面から調べることを学んだ方がいいですよ」

ド直球に勉強が足りないのではと告げるラースに、クリストファーは頬を引きつらせて、目元がピクピクしている。

クリストファーの横にいるシュゼットは、信じられないとばかりに目を見開いている。「どうして隠しキャラが⁉」と。

しかしそんなこと、ラースの知ったことではない。

「では次に、兄上の罪状について」

「は⁉」

突然何を言い出すのだとクリストファーが驚いていると、会場の扉が開かれ、騎士団長と複数の騎士、そして文官たちが入ってきた。

「クリストファー殿下の横領の証拠が見つかっています。税金を私財にするなど、許されることではありません‼」

「な、なぜそれを……！」

クリストファーは顔面蒼白《そうはく》になり、しかしハッとして口を塞ぐがもう遅い。横領を認めたのは、ここにいる全員が聞いているのだから。

「す、少し借りただけではないか！」

返すつもりがあることをアピールしたいようだが、さすがにそれを真に受けるような人間はいない。

「はあ、これでやっと兄上をアイリスから引き離すことができた」

ラースは先ほどとは打って変わり、いつもアイリスに見せる、とろけるような笑みを浮かべて嬉しそうにしている。

「……ラース、って……ラディアス殿下だったの……？　いろいろ想定外のことがありすぎて、何が何だかわからないわよ……」

「すみません。自分の身分は微妙だったので、あまり公にはできなかったんです」

「そうね……」

アイリスは頭がクラクラしてしまいそうだ。

しかしラースの快進撃はこれだけでは終わらなかった。

「国王陛下。国民の税を懐に入れる者を、王太子として認めるわけにはいきません。クリストファーの王位継承権の剥奪を望みます」

ラースの言葉に、アイリスはごくりと唾を飲み込んだ。まさか、今この場でクリストファーの処罰まで決めるとは思わなかったからだ。

先ほどまでずっと沈黙を貫いていた国王はすっと立ち上がり、前に出た。

「クリストファーの王位継承権の剥奪を認めよう。これによって、ラディアスを王太子とする！」

「以後、王太子という名に恥じないよう務めていきたいと思います」

ラースはその場で膝をつき、国王に礼を述べた。

すると、しんと静まり返っていた会場がドッと沸き上がった。「ラディアス様！」とラースを称える声はいくつも耳に届く。

それを見たアイリスはあからさまな手のひら返しに驚くも、ああ、これはラースの筋書きだったのだということに気づいた。

（根回しは済んでいた……というわけね）

いくら何でも、この場でいきなり王太子の処分やら何やらが決まるわけがないのだ。

つまり、国王やそのほかこの国の中枢にいる人たちは、ラースのこの話を事前に聞いていたのだろう。

かなり入念に準備を進めていたに違いない。

（陛下はラースの味方だったから、クリストファー様が私を断罪するときは無言を貫いていたのね……）

結末を知ってしまえば何てことはないが、断罪されていたアイリスとしては非常に心臓に悪かったのでやめていただきたかった。

まあ、もう終わったことなのだが……。

すぐに騎士たちがやってきて、クリストファーを連れていく。「無礼だぞ！」と声をあげているが、今回のことは国王が認めているのだ。無礼ではない。

シュゼットは「なんで？　私はヒロインなのに……」と顔を青くしていたため、不審に思った騎士がクリストファーと一緒に連れていってしまった。

それらが一段落すると、ラースが一歩前へ出た。

「陛下、王太子となった祝いにひとつ望みを聞いていただいてもよろしいでしょうか」

「……何を望む？」

国王が頷いたのを見て、全員の視線がラースに向かう。

もしかしたら、大幅な人事異動を望むかもしれないし、新しい施策があるのかもしれない。

全員予想しかねてはいるが、きっと国に関わることだろうと思い耳を澄ませている。

そしてラースの口が開かれて――


「アイリス嬢に求婚する許可をいただけますか？」


（――は⁉）

最後にラースの口からとんでもない爆弾が投下されてしまった。

こんな大勢の前で何てことを言うのだ、この男は。アイリスは口元を引きつらせながら国王の返事を待つことしかできない。

「ああ、許可しよう」

（ですよね！）

水面下であれだけ根回しされていたのに、アイリスへの求婚が根回しされていないわけがないのだ。

「ありがとうございます」

ラースは嬉しそうに微笑み、アイリスの前までゆっくり歩いてきた。

そんなラースに、アイリスは周囲に聞こえないように小声で話しかける。

「何てことしてくれるのよ、ラース！　こんなの、断れるわけないじゃない！」

アイリスがそう告げると、「断ってくれて構わないですよ」と返ってきた。

「……実はこの話を進めていたのは、アイリスに寝室を見られる前だったんです。今はアイリスの気持ちをちゃんと知ってますから、遠慮なく振ってくれて構わないですし、何なら俺が適当に理由をでっちあげて話してもいいですよ」

「ラース……」

まさかそこまで言ってくれるとは思わなかったので、逆に申し訳なくなってくる。普通、王族がこんな大勢の前で求婚して断られることはないのだから。

「ですが、少しだけ……ほんの少しだけ望みがあるかもしれないと思ってもいました」

ラースの告白に、アイリスはなぜ？と首を傾げる。

（眼鏡店のことがあったから？　それとも、研究所では以前と変わらず過ごしているから？）

アイリスの中でいくつか理由は浮かぶけれど、あまりピンとこない。

すると、ラースがアイリスの耳元に唇を寄せた。

「あのとき……アイリスは駄目だ、自分はクリストファーの婚約者だと、そう言いました。でも——一度も、『嫌だ』とは言わなかったんですよ」

自覚はありましたか？とラースが言うのを聞いて、アイリスの頬がボンと真っ赤に染まった。

（嘘でしょ⁉）

アイリスにはまったくそんな自覚はなかった。

しかし言われてみれば、写真を飾られているのは嫌だと思ったけれど、告白や迫られたことに対する嫌悪感は――なかった。

「ああもう、穴があったら入りたいわ」

「でしたら、俺の腕の中に入りますか？」

「それは絶対に遠慮するわ……」

「今ので少し自覚してくれたらと思ったんですけど……。うーん、手ごわいですね」

ラースは「残念」と言って笑ってみせると、アイリスから一歩離れて肩をすくめてみせた。

「今は振られてしまいましたが……私に貴女へ求愛する権利をいただけませんか？」

どうなるのだろうと見守っていた周囲の貴族たちからざわめきが起きた。まさか断るとは思っていなかったのだろう。

しかしそれをフォローしてくれるのもラースだ。

「アイリス嬢はたった今、婚約者に貶《おとし》められるところだったんです。そんなことがあってすぐ、ほかの男と婚約したくない気持ちは十分わかりますから」

ラースがそう告げると、その通りだと頷く声が大きくなった。こうも一瞬で人々の考えを変えてしまうとは、ラースには魔導具だけではなく政治の才能もあるのだろう。

アイリスは赤い顔を自覚しながらも、真っ直ぐラースを見た。

「未だわたくしの心は自分でもどこへ向かうのかわかりませんが、それでもいいとおっしゃられるのでしたら……」

ずっと断り続けるかもしれないんだよ⁉とアイリスはラースに伝えたのだが、それでもチャンスがあるのは嬉しいとラースはとても幸せそうに微笑んだ。

「ありがとう、アイリス。俺は世界一幸せ者かもしれないな」

「幸せのハードルが低すぎるわ……」

ラースの言葉にアイリスが返すと、ふたりはどちらからともなくぷっと小さく噴き出して笑い合った。

閑話　一途な想い

「ああ、あなたが新しく入った新人の子ね。私はアイリスよ。アイリス・ファーリエ。いろいろと立場や身分があるけれど、ここでは研究員のひとりとして気にせず接してくれると嬉しいわ」

「……ラースです。どうぞよろしくお願いします、アイリス」

ラース——ラディアスが王立魔獣研究所でアイリスと再び出会えたのは、十五歳のときだった。

今まではたまに姿を見かければ嬉しかったのだが、クリストファーの婚約者として孤立しているアイリスを見て、どうにかして少しでも守れないだろうか考えるようになった。

そして行きついた結論が、アイリスの同僚になるというものだ。

（ああ、やっと会えた……俺の天使——アイリスだ）

ずっとずっと、会いたいと思っていた。

しかしラディアスの闇属性を持つ第二王子という立場は、アイリスに会うことを許さなかったのだ。

闇属性を持つ者は魔物と深い関わりがあると信じている人間が、実は一定数いる。そしてそれは、ラディアスの母親もだった。

魔物と同じ闇属性を持つ人間は、瘴気を発し、やがて魔物の味方になるだろう。そんなことを信じているのだ。

あり得ないという研究結果は出ていたが、ラディアスの母親はそれを信じることはしなかった。

ゆえに、ラディアスは表舞台から姿を消すことにしたのだ。

自身で知恵をつけ、少しずつ味方を増やしていった。幸いなことは、父親との関係が思ったよりも崩れなかったことだろう。

だからこそ、ラディアス第二王子が対外的に死んだことにできたのだ。そして王宮魔獣研究所に勤めるために、ラースという偽名を使い始めた。

＊＊＊

ラースは研究所の仕事を卒なくこなしながらも、いつも横目でアイリスのことを追ってしまう。

（アイリスの働く姿、格好いいなぁ）

てきぱき書類を捌《さば》く姿は、男顔負けだ。

（しかも優秀！）

聞いた話によると、書類の形式などを一新し、業務を円滑に行えるようにしたのもアイリスだというのだ。

この国では、貴族の女性が働くことはほとんどない。あったとしても、令嬢への家庭教師や侍女などの仕事がほとんどだ。

実際、アイリスの仕事に陰口を言う貴族は多い。いったい何度、ラースがアイリスを守りたいと思っただろうか。

（ああ、駄目だ。この距離で我慢しようと思っているのに、アイリスを見るほど、話をするほど、もっと近くにいたいと欲が出てくる）

ラースが研究所の職員として働き出したのは、アイリスの近くにいたいという、至極単純なものだった。

別にラースは王位を望んではいない。

自身の天使であるアイリスの側にいられればそれでいいと思っていた。思っていたのだが――あまりにもクリストファーが酷かった。

（どうして、アイリスにあんな酷い態度ばかりをとるのか）

もし自分がその立場にいたら、とろとろになるまで甘やかして、愛を囁いて、四六時中一緒にいるのに。

その思いは、ラースの中で少しずつ大きくなっていった。

＊＊＊

最高級の茶葉を用意し、ラースは招待した相手をもてなす。お茶請けは、一口サイズのチョコレートだ。

ここはラースに宛がわれた寮の部屋で、目の前には所長のグレゴリーがいる。

「ラディアス殿下に手ずから紅茶を淹れていただけるとは、光栄じゃ」

「グレゴリーにはお世話になっていますから、これくらい安いものです」

ラースは苦笑しつつ、淹れたお茶を「どうぞ」とグレゴリーに勧める。今日はラースとグレゴリーのふたりだけのお茶会だ。

「研究所には慣れましたかな？」

「ええ。私が研究員になれるよう、はかっていただきありがとうございます」

「いえいえ、儂は大したことはしておりませんから」

このくらいであればいつでもどうぞと、グレゴリーは笑ってみせた。

「しかし殿下が魔獣研究に興味を持たれたのは不思議だったのですが……もしや、アイリスを心配してですかな？」

「――――！」

グレゴリーの言葉に驚いて、ラースは目を見開いた。

（アイリスのことは誰にも言っていないんですが……）

なぜグレゴリーに自分の入所理由がアイリスだとばれているのだろうと、不思議に思ったのだが……その答えはすぐにわかった。

「あれだけアイリスを見ていたら、わかりますて」

「……そんなに見ていましたか？」

「ほかの者たちは、殿下がアイリスに学んでいるためだと思うでしょうが……儂は殿下が十分優秀であることを知っておりますからね」

何か教えてほしくてアイリスを見ているわけではないと、グレゴリーにはすぐわかったようだ。

（これからは視線に気をつけよう）

ラースは小さくため息を吐いて、「内密にお願いします」とグレゴリーを見る。

「もちろんですじゃ。ですが……」

「……？」

「できることならば、儂はアイリスの状況を何とかしたいと思っているのですよ」

そう言うと、グレゴリーはアイリスのことをいろいろ話してくれた。


欠かさず挨拶をし、勤務態度は真面目で優秀。

何より書類仕事の処理が早く、いろいろなことを率先して引き受けてくれる。後輩への指導も丁寧で、わかるまで何度も、嫌な顔ひとつせずに教えている。

知識に対しても貪欲だ。

本だけではなく、研究資料もいろいろ読み込んでいて、魔獣の知識も多い。

そして何より――魔獣や瘴気の問題を解決し、国を平和にしたいと思っている。

それが、グレゴリーの知るアイリス・ファーリエだ。

（さすがアイリス、天使だ……）

ラースはグレゴリーの言葉に間髪入れず同意する。

「しかしそんなアイリスの唯一の汚点ともいえるものが……クリストファー殿下が婚約者ということでしょう。ラディアス殿下を前にして申し訳ないのですが……」

「いえ」

クリストファーにアイリスが勿体《もったい》ないということなんて、ラースだってわかっている。

（しかし、ふたりの婚約は王が決めたものだ）

覆せるものではないのだ。

だからこそラースも、アイリスを自分のものにしたいとかではなく、側にいられるだけでいいと同じ職場で働くことにしたのだ。

「儂は……アイリスに幸せになってほしいと思っております。クリストファー殿下ではなく、ラディアス殿下がアイリスと一緒になれば……と、願ってなりませんのですじゃ」

「それは……」

「――いえ。年寄りの戯言だと、どうぞお聞き流しください」

グレゴリーとて、そんなことが叶《かな》うとは思ってはいないのだ。しかし誰かに聞いてほしかったのかもしれない。

その後はふたり、静かに紅茶を飲んで過ごした。

＊＊＊

しかしそれから一年と少し……。

――神託の乙女の出現で自体は急変した。

「シュゼット！　ああ、今日も世界一可愛いな。街へデートに行かないか？　ネックレスをプレゼントしたいんだ」

「クリス様！　とっても嬉しいです」

ラブラブオーラを出しながら出かけるクリストファーとシュゼットを目撃したラースは、自分はいったい何を見せられているのだ？と思った。

（兄上の婚約者は、アイリスだろう……!?）

どうしてそんな女の手を取るのか。

ラースは信じられない思いでいっぱいだった。

（あんな堂々とした浮気が許されるというのか……？　俺が調べた限り、兄上はアイリスと一度も出かけたことはないし、プレゼントだって一度も渡したことがないはずだ。それなのに……）

こんなにも簡単に人を侮辱できるのかと、ラースは腸が煮えくり返る思いだった。

アイリスは職場では普段と変わらない様子だけれど、公私混同しない彼女のことなので、内心で傷ついていても表に出すことはないだろう。

「ラース、この書類をお願いしていい？」

「もちろんです」

ラースは頼まれた書類を持って席に戻り、今しがたのアイリスを思い出す。

（アイリス、すごく元気だ。まったく傷ついている様子は——あ）

今までと変わった様子のないアイリスを見て、ラースはひとつの可能性に思い当たる。

（もしかして、婚約解消をしようとしている……？）

そうであれば、アイリスが悲しんでいないことにも納得できる。

アイリスにとって、クリストファーと結婚することはきっと幸せなことではないだろう。

しかし、水面下でふたりの婚約解消が動いているという話はなかった。

「……どうして」

このまま結婚するつもりなのだろうか。

シュゼットを愛し、アイリスを蔑ろにするような男と。

「…………」

ラースはしばし思案し、「いいかな」と小さな声で呟いた。

「俺が一生側にいられる可能性もあるって、そう思ってもいいですか……？」

――アイリス。

ラースの呟きを聞く者はいなかったけれど、その言葉はラースの中に重く深く残った。

それからのラースの行動は早かった。

仕事中はさり気なくアイリスにアプローチをし、水面下ではグレゴリーやほかの貴族に根回しをして顔を繋いでいった。

ラースがいかに優秀か。

クリストファーはいかに王に相応しくないか。

不出来な兄を蹴落とし、ラースが王太子になる道を着実に作っていった。

そして貴族たちは気づくのだ。恐ろしいまでのラースの優秀さに。人柄に。先を見通すその目に――。

「兄上、俺はもう容赦しませんよ」

ラースはそう口に出して、父——国王へ会いに行った。

エピローグ

アイリスは久方ぶりに会う父親と、笑顔で腹の探り合いをしていた。

暖色系統でまとめられた調度品は侯爵家という家格に釣り合うもので揃えられ、壁には父親の見栄が垣間見えるように大きな絵画が飾られている。

久しぶりの実家は温かみのある色合いだというのに、アイリスはやけに寒々しく感じた。

なぜアイリスが寮ではなく実家の応接室にいるかと言われたら、祝賀会でのひと騒動の後、父親に連行されたからだ。

(まあ、お父様はラースの企みを知らなかったみたいだから……そりゃあ、焦りたくもなるわよね)

きっと父親の元には碌な情報がないのだろう。

紅茶を一口飲むと、父親が口を開いた。

「そろそろ仕事を辞め、家に戻ったらどうだ。身支度など、必要なことが多いだろう」

「あいにくと、今の仕事は楽しんでいるので辞めるつもりはないんです。お心遣いだけいただいておきます」

父親は、アイリスを家に連れ戻し、どうにかしてラース――ラディアスとの婚約を整えさせたいと考えているのだろう。

しかも王太子自らアイリスがいいから口説くのだと、名指しで伝えているのだ。侯爵で欲深い父親が、この機会を逃すはずがないのだ。

しかし父親も、アイリスの笑顔の反撃にめげはしない。

「アイリス、お前ももう二十歳だ。いつまでも仕事を優先しているわけにいかないのは、わかるだろう?」

「あら……。この年までずっと前王太子の婚約者でしたが、結婚させようとはしなかったではありませんか」

「く……」

痛いところを突かれたのか、父親が黙ってしまった。そして、「あれはクリストファー殿下が……」とブツブツ言っている。

(ああ、クリストファー殿下からまだいいと、結婚を先延ばしにでもされていたんだろうな)

ゲームのシナリオだから仕方がないとは思うのだが、侯爵家の娘が二十歳で未婚というのはあまり外聞がよろしくない。

アイリスとしては助かったが、それについて腹立たしく思うのは別問題なわけで。もし今度会うことがあれば文句のひとつでも言ってやらなければ気が済まないだろう。

「お話が以上であれば、私は寮に戻ります。というか、私も情報は持っていないので期待するだけ無駄ですよ」

　アイリスはそれだけ伝えると、屋敷を出た。


　屋敷を出たのだが——なぜか目の前にラースがいた。

「え、待ち伏せ？」

「言い方！　心配だったから、迎えに来たんです。……その、実家とはあまり上手くいってないと聞いていたので」

「あ……ありがとう。お父様たちに気づかれる前に、帰りましょう。馬車？　歩き？」

　アイリスが周囲を見回すと、少し離れたところに馬車が止まっていた。王家の紋章が入っているので、間違いなくラースが乗ってきたものだろう。

「では、エスコートさせていただいてもいいですか？」

「……仕方ないわね」

　アイリスは苦笑しつつも、恭しく差し出されたラースの手を取った。


　馬車が出発すると、ラースに「大丈夫でした？　怪我はしてませんか？」とじろじろと見られてしまった。

「私は大丈夫よ。ちょっと結婚をせっつかれただけで……」

「まあ、そうでしょうね。でも、俺は政略結婚するつもりはないですから。そんなに深刻な顔しないでください」

あっけらかんと言うラースに、「私は仕事が夫よ」と冗談交じりに言ってみる。

「えっ、俺って仕事に劣るんですか!?　うう、ちょっとショックかもしれません……」

「そこは張り合うとこじゃないから……」

今まで実家のピリピリした空気の中にいたせいか、ラースとのこういうちょっとしたことに何だか癒しを感じてしまう。

（……って、そうだったわ！　ラースはラディアス殿下だったのよ！）

アイリスは軽く咳《せき》払いをして、姿勢を正す。

「ラディアス殿下こそ忙しくて大変なのではありませんか？」

今更だけれど、今までと同じように接するわけにはいかない……とアイリスは言葉遣いを正したのだが、ラースが「それは嫌です」と断固拒否の姿勢をみせた。

「俺のことは今まで通りラースでいいですよ。ほら、髪型をこうすればあっという間にラースの誕生です」

ラースがセットしていた前髪を下ろすと、いつもの爽やかラースに早変わりだ。

「わかりまし——わかったわ。それと……ラースが王太子になったからといって、私はハイとは言わないからね」

「はい」

アイリスがきっちり自分の主張を告げると、ラースが小刻みに笑いだした。今の話のどこが笑いのツボに入ってしまったのか。

「アイリスの権力にも曲げない意志とか、そういうところ……めちゃめちゃ好きです」

「――っ！　ラースは、軽々しく口にしすぎよ！」

そのせいでアイリスはいつもいつも恥ずかしいのだ。

ラースは笑って、「手を握ってもいいですか？」なんて聞いてきた。

訝《いぶか》しむアイリスの視線に、ラースは事もなげに答える。

「なんで……？」

「俺なりの求愛です」

「む……」

求愛という言葉を使われてしまうと、どうにも断りづらい。つい先ほど国王の前で、ラースの求愛に関しては受けると言ってしまったからだ。

「す、少しだけよ……」

アイリスが渋々ながらも返事をすると、向かいに座っていたラースが隣に座り直してきた。

「ちょ、近いわよ！」

「だって、隣じゃないと手を握れないじゃないですか。向かい合わせだと、馬車が急停車したら危ないでしょう？」

何だか丸め込まれた気がしてならない。

「……わかったわよ」

アイリスが手を差し出すと、ラースはまるで宝物を扱うように優しく触れてきた。ラースは金色の刺繍《ししゅう》の入った手袋をつけたままだ。

（直接ってわけじゃないのね）

そのことに少しほっとしてしまった。

ラースが両手で包み込むように、けれど遠慮もあるようにゆっくり触れてきた。ものすごく大切にされているのが、それだけでわかった。

（何だか照れるわね……）

ゆっくり優しく触れられるのは、逆に意識してしまうようだ。

「と、とりあえず握手！　ね？」

「……っ！」

（!?）

握手の方が変に意識しなくていいだろうと思ったアイリスだったが、ラースの反応を見て失敗したと瞬時に悟った。

「手袋も付けたままで、あまり触らないようにしていたんですけど……アイリスはもっと触れてほしいみたいですね？」

「ひえ……」

にっこり微笑むラースを見て、アイリスは（やらかした！）と顔が青くなる。そして思い出すのは、耳にキスをされたときのことだ。

（またあんなことされるの⁉　無理よ、無理無理！　だってここは馬車の中なのに‼）

アイリスが真っ赤になってしまうと、ラースがぷっと噴き出した。

「……何かイケナイ想像でもしちゃいましたか？」

「してないわよ！　耳のことなんて‼　――ああっ！」

墓穴を掘ってしまった。

（何だか私、ラースの前だとこんなのばっかりな気がするわ）

実年齢だと三歳、生きた年齢だと軽く三十歳ほど年上なのだが、なぜかラースには一向に勝てる気がしないのだ。

「なら、期待に応えないといけませんね」

「期待なんてしてないわよ！」

アイリスがすかさず反論するけれど、ラースはまったく聞いていない。口で手袋の指先を咥《くわ》えると、そのまま取ってしまった。

「……っ！」

思わずラースの仕草の格好よさに、アイリスが身悶《みもだ》える。

（そんなの反則すぎるじゃない……）

元々は恋愛観の違いから告白を断りはしたが、普段のラースは気遣いができる優等生タイプだし、身体も鍛えていてほどよい筋肉がついている。

そんなパーフェクトな中身と身体能力に加えて、顔もいいのだ。

（どうしよう、私……きっと耳まで赤くなってる）

アイリスが顔を隠すように俯くと、わずかにラースが笑ったような声が耳に届いた気がした。

が、そんなのは一瞬でどうでもよくなった。

ラースの指先が、アイリスの手のひらの上をなぞったからだ。

「きゃっ！」

「……初手からそんな可愛い声を出されたら、俺、抑えが効かなくなりそうなんですけど……いいですか？」

「っ、いいわけないでしょう……‼」

（いったい何を言ってるの⁉）

たったこれだけのやり取りで、アイリスの心臓はバクバクだ。

というのに、ラースは気にせず手に触れてくる。マッサージをするように手のひらに触れて、そのまま指先をきゅっと握られる。

「手を繋いでデートするのも楽しそうですね」

「え……っ」

「駄目ですか？　求愛といっても、ただ口説くだけじゃないですよ。ふたりでいろいろな所へ出かけて、もっと互いのことを知りたいと思ってるんです」

王城にこもっているより、きっと楽しいですよとラースが微笑む。

「共通の趣味で……本屋巡りなんかもいいですね」

「そ、それは確かに……」

本はアイリスにいろいろな知識をくれるので、一日中だって平気で読んでいられる。ラースも確か、本を読むのは早かったはずだ。

（もしラースと恋人になったら、ソファに並んで座って読書とかもできるのかな？）

思わず、そんなことを想像してしまった。

しかしすぐに、その空間に自分の写真が飾られているのを思い浮かべ、ブンブンと頭を振る。

そんな部屋で過ごしたくないし読書もできない。

するると、アイリスの百面相に何か思ったのか、ラースが指先を絡めてきた。

「ぴゃっ！」

突然ぎゅっと絡められたせいで、変な声が出てしまった。慌てて口を隠そうとしたら、ラースの手もついてきた。

「…………」

「睨まれても困りますよ。アイリスが引っ張ったんですから」

「ラースがいきなり指を絡めてくるからじゃない」

アイリスはむうと唇を尖らせて反論するが、ラースからしてみればただただ可愛いだけだ。

「……俺をどうしたいんですか、アイリスは……」

「え？　……ん！」

はあと大きく息を吐いたラースが、その手の甲をアイリスの唇に押しつけてきたのだ。

「口元に繋いだ手を持って行かれて、さらにそんな可愛く唇を尖《とが》らせて……。ああもう、俺がどんどんマテできなくなってるのはアイリスのせいですよ……」

ラースの頬は朱色に染まっていて、恥ずかしがっていることはアイリスにもわかった。

「……っ、な、あ、ラー、ス」

「アイリスの唇、耳以上に柔らかくて……俺、どうにかなっちゃいそうです」

そう言うと、今度はラースが繋いだ手を引き寄せてきた。

ちゅっと小さなリップ音が耳に届いて、アイリスも手の甲に口づけられたことに気づく。そして悪戯を思いついた子供のように、こちらを見てくる。

「……俺の唇は、柔らかいですか？」

「～～っ、やりすぎよっ！」

「だって俺、アイリスに求婚中ですからね」

そう言うと、ラースはもう一度アイリスの手の甲にキスを落とした。

＊＊＊

そして同時刻――シュゼットは王城の一室で軟禁されていた。

明るい春の日差しの色で整えられた部屋だが、シュゼットの内心は荒れ、ソファに置かれたクッションを掴んで壁に投げつけた。

「どうしてヒロインのわたくしがこんな目に遭わなきゃいけないの⁉」

意味がわからないと、イライラしながら叫んでいる。

「あのままハッピーエンドになって、わたくしはクリス様と結婚するはずだったのに……。なんで？　アイリスを処刑にしようとしたのがいけなかったの？　意味わかんない‼」

はぁはぁと肩で息をしながら、シュゼットはソファの上で膝を抱えて座る。彼女の人生に、今のような予定は一切なかったというのに。

シュゼット・マルベールは、アイリスと同じで――前世の記憶を持っている。

この世界が大好きだった『リリーディアの乙女』だということに気づいたときは、転生させてくれた神様――この世界ならばリリーディア様だろうか。に、最大限の感謝をした。

そしてもちろん、自身が聖属性であることも知っていた。

将来は国のために戦わなければいけないけれど、ヒロインのシュゼットが死ぬことはない。だったら、戦場に出るくらいはいいかなと思ったのだ。

――大好きなクリストファーの妃になるために。

しかし、おかしい点があった。

「悪役令嬢の行動がゲームと全然違う‼」

ゲームでは働いていなかったし、何よりシュゼットに嫌がらせをしてきて、いつもクリストファーに付きまとっていたのに。

それが一切なかったのだ。

「だから嫌な予感がして、前線に送ったのにピンピンしてるし。それに……あんなの、反則じゃない‼」

最後のイベント――そこで悪役令嬢アイリスは断罪されるはずだった。はずだったのに、死んだと思われていた第二王子ラディアスが助けにきたのだ。まるで、向こうが乙女ゲームだといわんばかりに。

しかもラディアスは、追加エピソードのキャラクターなのだ。

「わたくしだって、ラディアス――ラディ様と恋したいのに‼　悪役令嬢のくせに、なんでわたくしのポジションを奪うのよ‼」

再びクッションを投げて、「もおおおお！」とシュゼットは叫んで――ハッとする。

「わたくしは浄化ができる聖属性のヒロインなんだから、それを主張すればラディ様の婚約者になれるんじゃない⁉」

もちろんクリストファーも大好きだけれど、税金に手を付け、王太子という身分を剥奪されてしまっては魅力が一気に減ってしまう。

ゲームは恐らくエンディングを迎えたのだろうけれど、この世界から瘴気がなくなったわけではない。

シュゼットの浄化の力は、この先もずっとずっと必要なのだ。

――それを使わないと宣言したら、国王やラディアスはどうするだろうか。

「ふふふ……。まだまだ、わたくしは終わっていないわ！」

気づけばシュゼットの頭の中は、どのようにラディアスを手に入れるかで溢れかえっていった――。

つづく

番外編　飴の行方

エンディングが終わり、しばらくした頃……アイリスはふとラースの部屋はどうなったのだろう？と思った。

（さすがに全部処分してくれてる……よね？）

ラースの本性は、今のところアイリス以外は知らない。

そのため人がいるところで聞くのは憚《はばか》られる。アイリスは仕方なく、休日に寮のラースの部屋を訪ねてみることにした。

「…………写真、飾ってあるじゃない‼」

手土産を持ってアイリスが訪ねると、ラースは大歓迎してくれた。

が、アイリスの目的は部屋の抜き打ちチェックだ。会話もそこそこに寝室を見せてくれるように頼んだところ、冒頭の言葉が口から出たというわけだ。

ラースの寝室にはアイリスの写真が飾ってあった。それについてアイリスが物申そうとしたところ、ラースから先手を打たれた。

「待ってください、アイリス！　引き伸ばした写真はやりすぎだと言われましたが、飾ってはいけないとは言われていないですよ！」

「え……？」

思いもよらないラースの言葉に、アイリスは思考が停止する。

（え？　そんなこと、言った……？）

「言ってない……わよ」

「いいえ、言いましたよ」

「うぐ……」

アイリスが反論をするも、ラースは「ちゃんと覚えています。アイリスの言葉を忘れるはずがありません」と堂々と言ってくる。

（ラースの記憶力がいいことは、私も知ってる……）

つまり、本当にアイリスは駄目だと言わなかったのだろう。

（確かに、知り合いの写真を飾ることはあるもの）

何もアイリスがひとりで写っているわけではない。飾られている写真のなかには、リッキーやグレゴリーと写っているものだってあるのだ。

アイリスは小さく息をはいて、ラースを見る。

「……………仕方ないわね。よく撮れているし、このくらいならいいわよ」

「ありがとございます、アイリス」

アイリスが許可すると、ラースのお尻にブンブン振られている尻尾が見えるのではというほど嬉しそうに返事をしてくれた。

「そういえば、飴は処分したの？　前に私があげたやつ、ベッドサイドに置いてあったでしょう？」

「ああ……」

アイリスが飴の行方を尋ねると、ラースは何とも歯切れの悪い返事をした。

「その反応じゃ、まだ捨ててないわね？」

「だってアイリスからもらった飴ですよ？　もったいなくて、食べられないんですよ……」

ラースは人差し指を合わせながら、でもでもと口にする。

「なら私が処分するわ。賞味期限も切れるでしょうし……」

「駄目です‼」

アイリスが手を出しても、ラースはイヤイヤと首を振る。まるで駄々をこねる子供みたいだ。

「でも、飴を取っておくのは駄目って言ったはず……よ！」

「うっ……」

ちょっと記憶が朧気《おぼろげ》だったけれど、ラースの反応を見るに飴の保管の許可はしなかったようだとアイリスは過去の自分に安堵する。

アイリスが「ほら」とラースを見つめると、しぶしぶながらポケットから飴を取り出した。

(まさかあれ以降ずっと持ち歩いていたの……?)

思わずドン引きしてしまったが、こんなラースの性格にも若干慣れてきたように感じるのでアイリスも重症かもしれない。

手を震えさせながら飴を渡そうとしてくるラースに、アイリスは苦笑する。

「まったく……。飴くらいまたあげるから、さっさと食べちゃいなさいよ」

そう言うと、アイリスは受け取った飴の包みを開けて、ラースの口元へ持っていく。

「――っ、アイリス⁉」

「ん? ほら、あーん」

「~~~~っ!」

ちょっと食べさせようとしただけなのだが、ラースの顔が真っ赤になってしまった。

普段あれだけアイリスのことを翻弄してくるくせに、ちょっとしたことで赤くなってしまうラースは何だか可愛い。

一向に口を開かないラースに、アイリスは「食べないの?」と首を傾げる。

「いらないなら、私が食べるけど――」

「食べます!」

アイリスが手を引こうとした瞬間、手首を掴まれてしまった。あまりの勢いに、アイリスはぽかんとしつつ笑う。

「ふふっ、最初から素直に食べればい――――っ！」

ぱくり、と。

ラースはアイリスの指ごと飴を口に含んでしまった。

「ちょ、ラース！　何して、んんっ！」

人差し指と親指と飴。

それらにラースの舌が絡みついて、アイリスは咄嗟に身体を引くが……逃れられたのは親指だけだった。

ぬるりとした感触に、声が出てしまう。

ラースはちゅっと人差し指を吸って、「アイリスが悪いんですよ」と言う。

「こんな美味しいものを目の前にされたら、マテなんてできないです。だってもう、アイリスの指が美味しいことは知ってるんですから……」

以前、アイリスが怪我をした際に傷を舐めたときのことを言っているのだろう。まさかあのときから、そんな風に思われていたなんて。

止まらないですと、ラースは熱のこもった眼差しを向けてくる。

「お、美味しいわけないじゃな……ひゃぁっ」

指の付け根の方まで口の中に含まれてしまって、ひときわ高い声をあげてしまった。アイリスはふるふる震えて、涙目になる。

どうにかして指を離そうとするのだが、ラースの手首を押さえる力に敵うわけもなく……いいようにされてしまっている。

「はぁ……っ、止まらないです、アイリス」

「と、とめてよぉ……っ！」

このままでは、どうにかなってしまいそうだ。

ころりと口の中で飴が転がって、舌と一緒にアイリスの指先に絡みついてくる。

ちゅ、ちゅっと何度も指先に口づけられて、舌を絡められて、アイリスの息もあがっていく。

このままでは本当にやばいと思ったところで――飴が溶けてなくなった。

「はぁ、はっ……あ、飴、なくなった……？」

「……食べ終わっちゃったみたいですね。残念です」

ラースは本当に残念そうに、アイリスの指を解放した。しかし名残惜しいからか、アイリスの手首は掴んだままだ。

「やりすぎよ！」

「すみません。アイリスが可愛すぎて、無理です」

むしろ、今きちんと解放できたことを褒めてほしいくらいだとラースは言ってくる。その証拠に、ラースの唇が再びアイリスの指先に触れた。

「――ッ⁉　駄目！　もう駄目よ‼」

アイリスが速攻で力のまま手を引くと、ラースは「残念」と物欲しそうな顔をしてみせた。

「わ、私はもう帰るわ！」

それだけ告げて、アイリスはラースの部屋を飛び出した。


そして急いで自分の部屋へ戻ると、ずるずるとその場に座り込んだ。アイリスの顔は真っ赤で、まだドキドキと心臓が早鐘を打っている。

「どうしよう、私……」

先ほどのことを思い出すと、胸がきゅうっと締めつけられて、ぞくぞくしたものが身体を走る。

「……ラース」

アイリスの広い部屋に、甘く名前を呼ぶ声が落ちるのだった――。

あとがき

初めましての方、または『しあわせ食堂の異世界ご飯』や他作品からの方はお久しぶりです。本作『悪役令嬢として婚約破棄されたところ、執着心強めな第二王子が溺愛してきました。』をお手にとっていただきありがとうございます。

タイトルでなんと一行！

ということで、個人的に『悪役令嬢と執着王子』と呼ぶことにしました。

今回は溺愛っぽいお話なんですが、私の希望でヒーローが変態になりました。たぶんみんな好きだよね？と、私は信じております……！

ラースの出番を多くしたかったのでゲーム設定はあまり深堀りはしていません。その点は、もしかしたら物足りない人がいるかもしれません……。ただラースにも設定などはありますので、ゲーム設定含めてその辺も今後書いていきたいと思っております。

気づくと書きたいことが増えてしまって、困りますね（笑）。

個人的にはラースが次から本気を出してくれると思うので、そこが楽しみです。

最後に謝辞を。

イラストを担当してくださった緑川明先生。

美しいアイリスと格好よいラースのキャラデザを始め、イラストをありがとうございます。

個人的に制服のデザインがお気に入りです。白にグレーのシャツやストライプの組み合わせなど最高すぎて、ずっと見ています……！

前作から引き続きお世話になっている担当のF様。

最初に企画をいただいてから、かなりお待たせしてしまったように思いますが……こうして無事発売となって嬉しいです！

いつも私の我儘に付き合っていただいているように思います……ありがとうございます!!

そして本作をお手に取ってくださった皆様に感謝を。少しでもラースの変態みのある良さが刺さりますように……！（笑）

では、二巻でまたお会いできますと嬉しいです。

ぷにちゃん

悪役令嬢として婚約破棄されたところ、
執着心強めな第二王子が溺愛してきました。

2023年6月5日　初版第1刷発行

著　者　ぷにちゃん

発行人　菊地修一

発行所　スターツ出版株式会社

〒104-0031　東京都中央区京橋1-3-1　八重洲口大栄ビル7F

☎出版マーケティンググループ　03-6202-0386
（ご注文等に関するお問い合わせ）

https://starts-pub.jp/

印刷所　大日本印刷株式会社

ISBN　978-4-8137-9243-7　C0093　Printed in Japan

［ぷにちゃん先生へのファンレター宛先］
〒104-0031　東京都中央区京橋1-3-1　八重洲口大栄ビル7F
スターツ出版（株）　書籍編集部気付　ぷにちゃん先生